DAS LIED VOM HACKESCHEN MARKT

Irina Liebmann

Das Lied vom Hackeschen Markt

Drei politische Poeme

Hanani Verlag

1. Auflage Dezember 2012

Umschlaggestaltung: Darja Süßbier,
unter Verwendung einer Fotografie von Hermann Rückwardt,
„Der Hackesche Markt", 1870, © Stiftung Stadtmuseum Berlin
Satz: Dzendzel und BerlinMedia
Druck und Bindung: Dressler Offsetdruck, Berlin
ISBN 978-3-944174-01-3

www.hanani.de

INHALT

DAS LIED VOM HACKESCHEN MARKT

ENTREE

Hier sollen mal Trümmer gelegen haben,
Wie unintressant, wie unintressant, hier
War dann auch Ostberlin,
Wie unintressant, wie unintressant!
Ja,
Was ist denn interessant, ja was denn,
Ja, was ist denn interessant für mich?

Das Schiff.

Die Ecke.

Der Platz.

Mein Platz in meinem Café.

Abgehaun und dageblieben, weg und wieder hier,
Berlin, Berlin, zum letzten Mal,
Was kriege ich dafür?

Der Hackesche Hof ist ein Café am Hackeschen Markt. Der Hackesche Hof ist mein Café am Hackeschen Markt. Der Hackesche Hof ist natürlich auch der Hackesche Hof, also der Hof, der dahinter sich ausdehnt am Hackeschen Markt, und das ist das Dreieck, das übrigbleibt zwischen drei Linien der Straßenbahn, und nochmal zwei Straßen ohne die Straßenbahn, also fünf Straßen im ganzen, der Kreuzungspunkt also, zwischen abgerundeten Häuserecken und einem Stückchen Rasen vor dem alten, roten S-Bahnhof, das war mal
Und heißt jetzt
Der
Hackesche
Markt.

Hier scheint die Sonne anders, hier
Ist es immer schön, hier
Will doch jeder sein und
Auf der Straße gehen, das
Sagt sich so leicht hin, das
Ist das Schwerste, das
Kann nicht jeder, und
Es ist das erste, wenn
Ich Berlin erreiche, wenn
Ich am Leben bin, wenn
Ich die Kräfte habe, dann
Fahr ich zu ihm hin. Setz
Mich in mein Kafeehaus, seh

Aus dem Fenster raus, seh
All die andern Leute sich
Über Wasser halten, weil
Sie ja alle kommen, die
Neuen und die alten
Pflastertreter hier, die Menschen in Mitte.

Braucht man Kraft, um hierherzukommen?
Ja, natürlich, viel Kraft.
Und warum?
Ja – warum?
Weil es nicht das erste Mal ist, wahrscheinlich, dass man
Dort sitzt und aus dem Fenster sieht?

Nein, nein, das stimmt nicht, das ist gelogen,
Es gab hier niemals
Ein Café!

Jedenfalls nicht in meinem Leben, hier waren die Rolläden runtergelassen für fünfzig Jahre, hier bin ich tausendmal vorbeigegangen, ohne zu ahnen, daß ich einmal so den Blick haben würde auf die Kreuzung, einen Blick aus halber Höhe, im Sitzen nämlich, hinter einer richtig großen Fensterscheibe in einem richtig großen Raum.
Für sowas sind wir nach Prag gefahren, früher!
Aber

Was ist das Café Slavia gegen den
Hackeschen Hof?

Was ist die Moldau
Gegen die Spree?

Ein großer Fluss gegen ein ganz zerquältes Wasser,

Doch schwarz sind beide nun inzwischen, und
Mein Fluss, das ist eben die schwarze,
Die schwarze und in Stein gefasste Spree.

Wer gern am Wasser sitzt, der soll zum Wasser gehen,
man muss nur unter dem S-Bahn-Bogen dort vorne hindurch, dahinter ist immer noch eine Wiese, da ist das ägyptische Museum, dort bauen sie immer noch an der Postkartenwelt der Berliner Innenstadt, aber hier

Hier steht das Wasser auch, man
Muss genau hinsehn, dann sieht man alle Menschen
Hier übers Wasser gehen
Man sieht auch, dass die Leute
Das Wasser gar nicht sehn,
Es ist, es ist
Hier alles noch nass!
Wie kommt das?

Das Café am Hackeschen Markt heißt Hackescher Hof, also kann man auch sitzen im Hackeschen Hof. Man kann im Hackeschen Hof Kaffee trinken und Zeitung lesen. Es ist gar nicht feucht hier drin, es ist trocken und warm, nur draußen, da ist etwas Windiges, Feuchtes immerzu in der Luft.

Das kommt vom Regen, das kommt vom Schnee

Nein, es kommt von unten. Und es kommt auch hier rein.
Hier, wo wir sind.

Im Café sind alle schwarz angezogen
Nur Haare blond, Locken rot bis in die Knie-
Kehlen, nein, die sieht man nie, die
Haare fallen über die Stuhllehnen, wallen
Über Stuhllehnen und der Kopf dazu
Dreht sich nicht um.

Ein Mädchen am Tisch nebenan zieht unentwegt eine
Haarsträhne lang, blondierte
Lange Haarsträhne, reicht über den ganzen Tisch, der
Ist ja nicht groß, bis
Ein Greis an den Tisch kommt, sie strahlt,
Trägt die Tasse Kaffee gleich nach hinten, wo
Sein Platz ist und alles viel dunkler. Tisch ist leer, wer
War das?

Zwei ältere Ehepaare kommen ungekämmt herein, wenig gekämmt oder vor langer Zeit gekämmt, schlecht gekämmt, recht nachlässige Ehepaare sind das, aber geistig anspruchsvoll, arm, aber ehrlich, und alle erklären sich ständig die Gegend, sie referieren den Ort und trinken hier nur eine Kleinigkeit: Wasser und Tee.

Am Nebentisch Mutter und Tochter, die Mutter, die freie Frau, hat vergessen, ihre Schiebermütze so keck nach hinten zu drehen, wie sie es tut, wenn sie (vermutlich immer allein, sonst hätte ihr schon jemand gesagt, dass diese Mütze ihr nicht steht) durch die Stadt geht. Gerade hat sie leise gesagt, es hätte doch vielleicht auch ein schöneres Café gegeben, weil sie doch gleich wieder abfahren muss, und wie weit es zum Bahnhof wäre, und ob die Tochter heute schon etwas gegessen hätte. Die Mütze sitzt schief, die Haare verklebt, die Mutter, die Mutter ist eine arme, alte Frau auf einmal, mit einer Tochter, die keinen Bissen herunterbekommt, und froh sein wird, wenn sie abfährt. Auch die gehen bald.

Aber die Scheiben! Die großen Scheiben
Bleiben!
Spiegeln uns drinnen und euch draußen auch, die
Ampeln, die Schienen, die
Glühbirnen hier
Drin an der Decke: Zweihundert?

Ein langer Mantel geht vorbei, lange Hose, flache Schuhe,
Lange Haare bis auf die Schultern, ein Mann.

Ein kurzer Pelzmantel mit Hütchen, eine Frau.

Kurzer Mantel, nackte Beine, Pumps aus Lack, die Tasche
Auch, diese Frau
Humpelt!

Und das, was ist das? Das sind Kinder!
Drei Kinder in Anoraks und Kapuzen, die
Kinder sind alle drei männlich und mürrisch und blass
Und
Werden an den Händen gezogen. Schnell, schnell,
Vorbeigezogen mit offenem Mund.

Eine Frau mit zwei Mädchen.
Kleine Mädchen. An jeder Hand eins. Kleine, zottlige
Mädchen, zu eilig, zu schnell, zwei rennende Mädchen,
Weil die Mutter sich so beeilt.

Andere ziehen Koffer auf Rollen so hinter sich her, und
Eine Frau schleppt einen schweren Rucksack hier
An der Scheibe vorbei, ruck-ruck-ruck, und keine Hand frei,
Man hat ja nur zwei
Und in einer, da trägt sie eine Reisetasche und in der
Anderen
Eine Tüte, Plastik, und sieht zu Boden beim Laufen,
Beim Schleppen, und das
Ist auch eine Frau.

Fettflecke an der Scheibe, da
Hat ein Mensch seine Stirn dran
Gelehnt, beim Reinsehen und
Ist schon weg.

Die Straßenbahn rechts rum, die Bahn nun
Von links, zwei Bögen erleuchteter Wagen,
Die Straßenbahn rechts rum, die Bahn nun
Von links,
Die haben uns immer gefahren.

Die Straßenbahn rechts rum, die Bahn nun
Von links, zwei Bögen erleuchteter Wagen,
Die Straßenbahn rechts rum, die Bahn nun
Von links,
Die haben uns immer gefahren.

An so einer neuen Straßenbahn blinkt alles:
GELBORANGE die Richtungsanzeiger vor einer Kurve, sechs
Stück an der langen Bahn und
GRÜN die Kreise aus leuchtenden Pünktchen neben den
Türen, wenn sie schließen und
ROT die Kreise aus leuchtenden Pünktchen, wenn
Die Türen sich öffnen.
ROT auch die Warnlampen, wenn die Bahn
Abfährt!

Aber die Scheiben! Die großen Scheiben
Bleiben!

Und was auch noch zu sehen ist, durch die große Scheibe: Rot-weiß gestreifte Sperren vor Löchern im Fußweg, also große Plastikgitter, die mitten auf der Fahrbahn stehen, weshalb die Autos an dieser Stelle stehenbleiben, wegen der orangen Blinklichter auf den rotweißen Ständern, die stehn schon zehn Jahre so da und warnen vor Wasser, vor Pfützen und Löchern, vor tiefen Löchern, die dort beginnen.

Es ist die Ecke zur Oranienburger Straße.

Jetzt eine Frau, die ich kannte, die
Kannte ich mal,
Geht in Schwarz, hatte ihr Kind,
Ja ihr Kind hatte sie schon lange dem Vater
Überlassen als Künstlerin, Künstlerin,
Künst – oh
Kunst.

Eine Schulklasse schwarz-
Schwarzgekleidete Mädchen, alle in Jacken, die Knöpfe
Haben, und allen fliegen die
Haare
In die Gesichter, sie stehen vor unserer Scheibe und
Beraten sich, wie gehen wir weiter?

Und Schmalzköpfe.
Die Schmalzköpfe tauchen auf. Immer zwei
Nebeneinander,
Zwei
Junge Männer mit fettigen Locken oder
Glatten und fettigen Haaren, die sind früher auch immer
Geschlendert,

Aber
Diese Zeit ist vorbei, auch die Schmalzköpfe haben
Einen schönen Schritt drauf und
Reden
Beim Gehen
Nicht mehr.

Ja, und alle scheinen zu rennen.

Das ist neu in Berlin, das ist anders als früher an diesem Ort, aber hier haben ja alle Häuser in der unteren Etage erst kürzlich die Augen geöffnet, das Maul aufgesperrt, die Zähne sich richten lassen und nun:
Hereinspaziert, meine Herrschaften, hereinspaziert, wir
Haben uns hier
Neue Zähne wachsen lassen, die dritten Zähne,
Und was für welche, so
Fest stand hier nie
Ein Gebiss!

Ein Großstadtgebiss
Ein Großstadtgebiss, ein herrlich
Funkelnder Rachen!

Paar Zähne
Fehlen noch, ja leider, leider, leider, na trotzdem,
Es
Funkelt ja schon!

Natürlich ist das hier nicht Picadilly Circus! Und trotzdem, Es funkelt ja schon!

Es funkelt natürlich im Dunkeln besonders, und in der Dämmerung, da funkelt es am Schönsten. Die Lampen auf den Gittern vor den gefährlichen Löchern draußen im Fußweg, direkt vor unserer Scheibe, die blinken, die Fenster in den Häusern gegenüber leuchten, die Glasbuchstaben VINI E SALUMI über dem Weingeschäft scheinen weiß, und funkelnagelneu erleuchtet sind die gelben Straßenbahnen.

An so einer Straßenbahn blinkt alles:
GELBORANGE die Richtungsanzeiger vor einer Kurve, sechs Stück an der langen Bahn und
GRÜN die Kreise aus leuchtenden Pünktchen neben den Türen, wenn sie schließen und
ROT die Kreise aus leuchtenden Pünktchen, wenn die Türen sich öffnen, und natürlich
Leuchtet der ganze verglaste Zug innen auch selber
Licht fährt vorbei, fährt
Um alle Ecken und auch nach vorn, dorthin zu
Dem S-Bahnhof
Börse. So hieß der früher, hier war ja die Börse, die gibt es
Nicht mehr, er steht uns jetzt frei gegenüber,
Der Bahnhof,
Weil vor ihm die Häuser weggebombt sind, und
Er hat auch ein neues Dach
Mit großen, verglasten Rippen!

Querrippen, auch von dort fällt
Licht, und scheint auf die Wipfel der Bäume.
Durch die Lochfenster sieht man die S-Bahn fahren und
unten, und unten die Leute.

Ameisen, dunkel. Die Leute leuchten noch nicht.

Aber die Scheiben! Die großen Scheiben
Spiegeln uns drinnen und euch draußen auch, die
Ampeln, die Schienen, die
Glühbirnen hier
Drin an der Decke: Zweihundert?

Sind es zweihundert, die
Wie
Ein Haarnetz, ein Perlennetz von schönen Frauen auf
Italienischen Bildern der Zeit von
Boccaccio in die Decke des Cafés in regelmäßigen Abständen
Reingeschraubt
Sind und dort oben eben so wie
Ein Perlennetz leuchten, diese Perlen, die liegen in allen
Weingläsern, Biergläsern
Fest auf dem Grund, leuchten
Und steigen nicht auf.

Übrigens ist mein Tisch hier am Fenster
Immer frei, wenn ich komme, immer.
Es ist also leicht, dieses Lied hier zu schreiben,
Am Fenster,

Und was leicht geht, das ist richtig und soll so sein.

Leicht ist es auch, zu rauchen. Hier
Vor diesen Scheiben im Vorbeigehen stecken sich Frauen
Sobald es dunkel wird, immerzu
Zigaretten an, Frauen in kurzen Jacken und kurzen
Röcken, mit kurzen Haaren, aber
Bis über die Ohren hängen sie schon,
Die Haare.
Schon schön. Und
Alle auf Stöckelschuhn, diese
Zigarettenanzünderinnen.

Rums, eine Straßenbahn kommt von vorn auf mich zu
Eine andre von links,
Ist schon weg, und ein Auto hält, Lieferwagen,
Verdeckt mir die Scheibe und den Weinladen gegenüber
Auch, die Schrift VINI E SALUMI und die Flaschen
In den Regalen hoch bis zur Decke, der Angeberwein
Bleibt allein, da in das Haus da, da
Geht niemand rein?

Je länger man sitzt, um so dunkler das Licht, es dunkelt hier drin, wenn man lange hier sitzt, und die Augen tun weh. Wenn zehn Minuten niemand Neues erscheint, wird es allen Anwesenden bewusst, daß wir hier seit zehn Minuten allein sind, und auf einmal sieht jeder: Das Licht vergeht, so, als ob unser Auftritt zu Ende geht.

Wir können uns kaum noch erkennen,
Nennen
Was?
Nichts.
Warten auf die Ankunft des Lichts, oder wie?
Jetzt:
Ein neuer Gast betritt die Bühne.

Abgehaun und dageblieben, weg und wieder hier,
Berlin, Berlin, zum letzten Mal,
Was kriege ich dafür?

JETZT KOMMEN ALLE.
ERST SIND SIE ALLE VON HIER WEGGEGANGEN
UND JETZT
KOMMEN ALLE ZURÜCK

Kommt einer an meinen Tisch: Was machst du denn hier? Ja, was machst du denn hier? Warst du nicht in München? Nein, schon lange nicht mehr. Wie lange? Ein Jahr und zwei Monate, jaaaaaaa, ich habe dort gegenüber mein neues Büro. Und wofür? Ja, wofür? Ich kann dir deine Homepage machen, wenn du willst, also in deinem Beruf wäre das sogar sehr angebracht, da können die Journalisten immer gleich reingucken, sich das Richtige runterkopieren, du kannst sogar Textseiten einspeichern, Fotos, Biographie, na, du weißt schon.

Schenkst du mir eine?
Schrilles Lachen – dann geht er, der Mann. Philosoph, promoviert, arbeitslos, damals Regieassistent, mit Aussicht auf eine eigene Inszenierung. Was haben wir eigentlich damals geprobt?

War das Kino, war das Theater? War das im Ernst oder nur wie das Wort schon sagt – ein Spiel?

Erkenne ich eine Frau am Nebentisch und gehe zu ihr:
Hallo Tatjana! Wieviel Jahre haben wir uns nicht gesehen? Zehn. Woher weißt du das so genau? Habe grade nachgezählt. Es sind zehn. Dachte, du wohnst in Hamburg. Schon lange nicht mehr. Wie lange? Zwei Jahre. Ich habe eines Tages beschlossen, in dieser Woche suche ich mir eine Wohnung in Berlin, und ich habe eine gefunden! Schöne Wohnung, 600 Mark, besser geht's nicht. Wovon lebst du? Schrilles Lachen: Bin arbeitslos! Schon lange, ja, arbeitslos! Bin aber verabredet, kommt gleich jemand! Jemand kommt, eine Frau, die beiden küssen sich ab, zwei Filmregisseurinnen, früher einmal. Tatjana trägt ihre Lieblingsfarben, ein Weinrot mit violetten Streifen. Die Jacke ist selbstgestrickt.

Als wir uns kannten, strickten wir in diesen Farben jede sich selber einen Pullover, in einem kalten Sommer an der Ostsee und unsere Kinder spielten im Sand. War das ein Spiel, damals? Das war doch kein Spiel. Aber es kommt mir so vor.

Kommt ein Mann rein, mit Glatze und Bauch, geht an mir vorbei, ziemlich dicht, und fragt: Was machst du denn hier? Warst du nicht in den Westen gegangen? Ich? Naja, stimmt schon, das war mal, das ist jetzt vorbei. Geht weiter, setzt sich zu einem Mann, dem er die Schulter streichelt. Und dann kommt noch einer, ein kleiner, älterer Mann. Meine alte Liebe ist alt geworden und sie erschrickt.

Du?
Was machst du denn hier?

Was machst du denn hier?
Ja, was machst du denn hier?
Na, was machst du denn hier?

Ja, was machen wir hier? Kaffee trinken?
Das nun zuallerletzt!

ES GEHT WEITER MIT DEM GESPRÄCH EINES EHEMALIGEN LIEBESPAARES

Die Frau: Wenn ich es richtig behalten habe, hieß das große Café am Hackeschen Markt früher einmal Café Dobrin und befand sich genau gegenüber, also auf der anderen Seite der Straße, und zwar auf der Rasenecke, über die wir immer gelatscht sind, um uns den Weg zum Alexanderplatz abzukürzen. Auf dieser Rasenecke steht ja da drüben jetzt wieder ein Haus. Genau dort, wo es seine halbrunde Ecke hat, stand früher ein anderes Haus mit einer halbrunden Ecke, und genau in der Rundung befand sich das Café Dobrin. Und kannst du dir vorstellen, eines Tages trugen vier Männer eine riesige Buttercremetorte aus dem Café Dobrin über den Hackeschen Markt in die Oranienburger Straße und dann rechts in die Große Hamburger Straße, wo eine alte Frau Geburtstag hatte. Die Torte war das Geschenk ihres Sohnes. So groß, daß vier Männer sie tragen mussten. An dieser Torte hat die ganze Nachbarschaft mitgegessen, darum habe ich 60 Jahre später immer noch einen Menschen treffen können, der sich daran erinnerte. Dieser Sohn war Vertreter für Feodora-Schokolade und ging nach Amerika. Später dann bezahlte er für seine Mutter ein Ticket erster Klasse auf einem Dampfer nach Amerika, denn sonst hätte sie sich bald in dem Sammellager für Juden, das sich in ihrer eigenen Straße befand, in der Großen Hamburger Straße, dort hätte sie sich einfinden müssen, aber so hat sie überlebt und einer Nachbarin geschrieben, dass kurz vor New York ein Offizier auf dem Schiff sie zu sich gerufen hat und gesagt: Gucken Sie mal, wer neben Ihnen steht! Sie drehte sich um, und da war es ihr Sohn, der extra ein Boot gemietet hatte, um der Mutter entgegenzufahren, denn er hatte Angst, dass sie einen Herzschlag bekommen könnte bei den Aufregungen der Ankunft.

Der Mann: Tjaa, ... starke Mutter-Sohn-Bindung. Wahrscheinlich aß dieser Sohn gerne Torte.

Die Frau: Nein, die Mutter! Eine riesige Torte wird das Schönste gewesen sein, was sie sich vorstellen konnte.

Der Mann: Die eigene Mutter mit Torte aufzuwiegen – wem fällt heute noch ein, seine Liebe mit etwas aufzuwiegen?

Die Frau: Was schwer ist, das ist schon mal sowieso schlecht.

Der Mann: Tjaa, ... ich hab auch zugenommen.

Die Frau: Hast du dich nun von deiner Frau getrennt?

Der Mann: Nein.

Die Frau: Lebt ihr zusammen?

Der Mann: Nein.

Die Frau: Lebst du allein?

Der Mann: Tjaa ...

Taxen. Wie die Maikäfer kommen sie,
Maikäfer, Maikäfer, drängen sich, eins nach dem
Anderen, können nicht
Wenden,
Die letzten, die kriegen die Kunden zuerst, drehen um
Und verschwinden.

Die ersten, die strahlen ihr gelbes Licht
TAXI an unsere Scheibe, TAXI,
TAXI!

Der Mann: Ich werd mir mal ne Taxe nehmen.

Da läuft der ehemalige Geliebte draußen über die Straße und sieht sich nicht um.

Wie blau ist das Meer, wie hoch kann der Himmel sein ...
Kap Hoorn .... Gottvertraun!

Wie kam meine alte Liebe auf den Dampfer?

Ja, wie kam meine alte Liebe auf den Dampfer?

Warum wohl?
Sie will nach
Berlin!

Und wie passt dieses Gespräch mit dem Dampfer zusammen, mit dem Schiff, das langsam wieder auftaucht und den vielen Menschen, die hier vorbeirennen? Denn eine Beobachtung hatten die beiden noch gemacht:

Die Frau: Die Gitter sind weg!

Der Mann: Welche Gitter?

Die Frau: Rechts vor der Scheibe standen Gitter auf dem Bürgersteig. Man musste auf der Fahrbahn weiterlaufen, wegen der Baustelle.

Und plötzlich sind die Poller weg, die
Drähte und die Gitter und
Damen!

Mit Frisuren!
Aufgetürmten Locken, breiten, bunten Schals, nur leicht
Über eine Schulter geworfen, langen
Schals aus Kaschmir mit Mustern, die schreiten!
Den Fußweg ganz ruhig ab und ohne Hindernis, so, als
Ob nie
Ein Dreckloch am anderen war, eine Absperrung,
Schotter und Blinker auf Gittern, so
Bauchhohen Gittern, und Wasser – nein:
Damen!
Promenieren mit trockenen Füßen ganz langsam
Heran
Und das Wasser ist abgelaufen vom Trottoir!

Es zeigt sich ein Mann mit Blumenstrauß, rennt
Vorbei und
Der Strauß steckt in weißem Papier, der Mann
Im offenen Hemd bei dem Wetter, im offenen Hemd, blü-
Blütenweiß unterm Anzugjackett schick, schick, schick,
Sehr schick,

Läuft geblendet zwischen den Autos herum, aber so
Viele
Scheinwerfer sind es gar nicht, die
Ihm ins Gesicht scheinen, ist wohl auch mehr der
Lichtschein vom eigenen Hemd.

In dieser Nacht, in *einer* Nacht, sind nicht nur die Poller und Blinklichter mitsamt ihren Ständern verschwunden, nein, es sind auch die Gerüste und Tücher von der Seite des Hauses verschwunden, der Eckseite, der Seite zur Oranienburger Straße. Die Ampel an der Kreuzung ist zugehängt, weil die Oranienburger Straße gesperrt ist, weil eben das Schiff an dieser Seite jetzt endgültig flott gemacht wird. Arbeiter kriechen auf dem Boden herum, auf dem Trottoir von der Oranienburger Straße, genau da, wo die Torte einmal langgetragen wurde, sie kriechen auf allen Vieren und drücken mit ihren Händen Sand an die Ränder der Glaswände.

Solange
Ich hier lebte, war an dieser Stelle nur
Eine Bombenlücke, dann
Eine Mauer und
Ein leerer Platz dahinter und dann jahrelang
Eine Baustelle, und jetzt auf einmal steht da eine
Steile,
Verglaste
Dampferseite mit einer Brüstung,
Ziemlich weit oben.

Jetzt ist diese Ecke fertig!

Werde ich einen Platz auf diesem Dampfer haben?

Ein Platz am Fenster ist immer frei!

ES GEHT WEITER MIT DEM GESPRÄCH EINES KÜNFTIGEN LIEBESPAARES

Der Mann: Ist dieser Platz am Fenster frei?

Die Frau: Er ist frei!

Der Mann: Tatsächlich treffen sich in diesem Café Menschen. Niemand ist lange allein!

Die Frau: Früher war das große Café am Hackeschen Markt genau auf der anderen Seite. Genau dort, wo das neue Haus da gegenüber seine halbrunde Ecke hat, da stand früher ein anderes Haus mit einer halbrunden Ecke und genau in der Rundung war das Café. Sie sollen sehr gute Torten gebacken haben, auch auf Bestellung. Einer hat sogar mal eine Torte bestellt, die war so groß, daß vier Männer sie tragen mußten. Die war für seine Mutter zum Geburtstag. Die wohnte hier gleich um die Ecke. Es war in den zwanziger Jahren. Übrigens war das hier mal die jüdische Gegend. Hier rings um die Rosenthaler Straße.

Der Mann: Ich bin Jude. Darf ich Sie zu einem Stück Torte einladen? Ich meine, was soll man sonst sagen zu so einer sentimentalen Geschichte, außer, dass es offenbar immer noch Leute gibt, die gerne Torte essen.

Die Frau: Sie auch?

Der Mann: Es gibt Torten, die sind aus reiner Schokolade gebacken, na nicht ganz, also mit etwas Mehl dazu auch, und andere, die bestehen nur aus Sahne und Eiweißschaum, und die werden mit frischen Blüten dekoriert und andere haben Schichten aus Blätterteig und dazwischen Schichten aus Sahne und kleingehackten Maronen oder man kann das mit Pekannuss backen, schmeckt auch gut, und auf die schwarze Schokoladentorte kann man Blattgold streuen, der Mensch kann das Blattgold vertragen, er kann es trinken und essen, das soll sogar gut sein, das Gold auf die weißen Cremes gestreut sieht weniger gut aus, dagegen eine leichte Orangencreme mit Blattgold, oder die Veilchenfarbe, die kriegt man aus Veilchen, tatsächlich, den frischen, den echten Veilchen gepresst, und kennen Sie noch die Veilchen, kandiert und auch dekoriert, also eine veilchenfarbene Torte mit Blattgold bestreut, das
Ist schon was Feines.

Die Frau: Oh! Das eine sage ich Ihnen gleich: Ich bin aus dem Osten.

Der Mann: Aus dem Osten sind wir alle mal gewesen.

Die Frau: Ehrlich mal, alle, die hier sitzen, haben das Gefühl, sie wären hier schon früher mal gewesen.

Der Mann: Ist es nicht überall so, dort, wo die Juden einmal gewohnt haben?

Die Frau: Und wenn einer das Gefühl hat, schon einmal hier gewesen zu sein, war er dann früher mal ein Jude?

Und wie passt dieses Gespräch mit dem Dampfer zusammen, mit dem Schiff, das gerade wieder ein Stück deutlicher sich zu erkennen gibt, und den vielen Menschen, die hier vorbeirennen – erstens – und zweitens: Torten gibt es hier kaum, Torten gibt es woanders viel besser, hier nicht, hier ist kein Café für Torten, das ist ein Café für jetzt,
Jetzt,
Jetzt,
Für die Zeit, für den richtigen Augenblick!

Und *jetzt* lacht die Frau, und die Torte steht da,
Ein Stückchen,
Ein Stückchen für jeden.

Was machst du denn hier?
Ja, was machst du denn hier?
Na, was machst du denn hier?

Ja, was machen wir hier? Kaffee trinken? Das nun
zuallerletzt!

Das Schönste wird zuerst zerstört. Naturgesetz.

Wie sollen wir leben?

Falsche Frage, hier auf diesem Dampfer! Mensch,
Wir sitzen doch schon drauf!

Ja, da ist er weg auf einmal, oder habe ich mir diesen
Mann
Nur ausgedacht, aber die Torte!
Ja, nicht nur die Scheiben, auch alle Torten
Bleiben! Und ich.
Ich hau nicht mehr ab.

Was sind wir abgehauen, aus
Berlin
Aus dem Osten, aus
Deutschland, und andere hauen ja auch ab, aus
Ihren Orten, ihren Familien, ihren
Ländern, und
Bestürmen, bestürmen die Welt, wenn
Sturm aufzieht, werden sie selber ein Teil von dem Sturm
Und
Diese bewegliche Masse, wird sie denn einmal,
Irgendwann einmal
Fest?

Ein fester Platz ist nur im Dampfer garantiert!

Im Dampfer, da sitzt man direkt in der Mitte,
Da ist man ganz nah dran und doch nicht dabei!

Was das für ein Schiff ist, in dem wir sitzen? Heißt das wirklich „Hackescher Hof", ich kann nicht um die Ecke gucken, ich kann nicht lesen, es steht auch nicht richtig was drauf, seltsam, das ist seltsam.

UND JETZT WILL NOCH EIN SCHWARZER AUF DAS SCHIFF!

Der Mann: Ach verzeihen Sie, ist der Platz hier am Fenster noch frei?

Die Frau: Sie sind ja ganz blutverschmiert!

Der Mann: Na und? Ist der Platz nun frei?

Die Frau: Ihr Kopf! Ist da nicht etwas verschoben? An der Schläfe, der Knochen, so schief, und das Blut da am Ohr, könnte es sein, dass Sie Hilfe brauchen?

Der Mann: Nein, ich brauche keine Hilfe, ich bin tot.

Die Frau: Ja, der Platz ist frei. Aber ich sage das ungern.

Denn Sie sind nicht nur blutig und tot, sondern auch noch ganz furchtbar schmutzig.

Der Mann: Ja, das ist leider so, sie haben mich in den Dreck getreten, meine Verfolger, das wollten sie auch, ja, daran bin ich gestorben, in Dessau, und wenn das so ausgeht, also wenn die Sache so ausgeht, dann kann man es nicht mehr ändern danach, aber es ist schon lange her.

Die Frau: Ach, Sie sind der Tote aus Dessau! Ja, das ist doch lange her!

Der Mann: Ja, das ist lange her. Aber jetzt bin ich frei, wissen Sie, ich kann gehen, wohin ich will, und ich wollte das auch mal sehen, Berlin, gerade am Hackeschen Markt.

Die Frau: Hier hätten Sie auch früher herkommen können, auch als Lebender hätten Sie herkommen können, hier wäre Ihnen das nicht passiert.

Der Mann: Niemals wäre es hier passiert, ich weiß genau, dass es hier nie passiert wäre.

Die Frau: Ja, und da wären Sie auch noch am Leben gewesen und nicht so dreckverkrustet, und der Sand auch noch mit dem Blut vermischt und dann hart geworden, sowas kann ich nicht sehen, und das konnt ich noch nie, auf sowas hingucken aus der Nähe. Also, mit anderen Worten – ich könnte wirklich Angst kriegen vor Ihnen. Und ich könnte auch sagen: Das ist eine riesengroße Geschmacklosigkeit von Ihnen, hierherzukommen, sie waren doch schon genug in den Zeitungen, Fernsehberichten, reicht das denn immer noch nicht?

Der Mann: So sehen Sie das?
Aber glauben Sie mir, ich komme aus reiner Neugier, ich war Arbeiter, dort in der kleinen Stadt, und die war nicht so schön, und wie spannend ist nun dagegen das Leben hier drinnen und auch vor der Scheibe. Wie viel habe ich versäumt, wie vieles gar nicht gesehen.
Wie schade!

Die Frau: Arbeiter sitzen ja hier nun nicht gerade.

Der Mann: Aber es treffen sich in diesem Café Menschen!
Niemand ist lange allein!

Die Frau: Paare! Man sollte es nicht glauben, Paare!

Der Mann: Ja.

Der Schwarze, der schweigt jetzt mit seinem schwarzen, schwarzen, zertretenen Kopf. Verdirbt mir die Aussicht. Die schöne, lebendige Aussicht, die Scheiben, die Frauen, die Rucksäcke, was tragen die so viele Rucksäcke rum,
Und:
Will der nun ewig bleiben?

Und wie
Passt dieses Gespräch mit dem Dampfer zusammen,
Mit dem Schiff, das gerade fertiggemacht wird, seiner
Neuen,
Verglasten
Seite mit einer Reling, die tief
In den Körper des Schiffes hineinführt in ziemlicher
Höhe, und
Zu den vielen Menschen, die hier vorbeirennen?

Es passt so zusammen, dass jetzt auf einmal ein Ruck
Durch das Café geht, ein Ruck! Und
Alles ein bisschen wackelt und kracht, weil: Das Schiff,
Unser Schiff
Fährt jetzt los!

Und der Schwarze am Tisch, dieser Mann steht nun auf und ich auch, denn wir stehn ja ganz vorn an der Scheibe und können von oben auf einmal alles, alles auf einmal sehn!

Ja, und ist das nicht schön?

Da fährt die S-Bahn unter uns und alle Straßenbahnen, und die Cafés sind alle geöffnet und voll, und auf der Ecke gegenüber die neuen Häuser, die sehen ganz prächtig aus! Nur der Schwarze, der arme Mann neben mir, der sieht gar nicht hin. Fand er mich böse, vorhin?

Ist es eine Schande, erschlagen zu werden?

Fällt ihm sowas auf einmal ein? Oder denkt er nun auch daran, wie er jetzt aussieht und dass er hier nicht reinpasst, jedenfalls nicht in dem Zustand? In diesem totgeschlagenen Zustand? Immerzu dreht er den Kopf weg, er schämt sich vielleicht.

Aber das müssen Sie nicht.

Das ist ganz und gar fehl am Platze!

Sehen Sie, dort dieses Haus gegenüber, das mit der runden Ecke, das war hier mal das große Café, das Kaffeehausschiff hier am Hackeschen Markt, Café Dobrin, aber solange ich hier lebte, kannte ich nur die Rasenfläche, auf der das stand, weil: Das Haus ist verbrannt, und von den vielen Erstickten in seinen Kellern, da liegen vielleicht immer noch welche unten, das sind auch so gar nicht in Frieden Gestorbene, und die sind ja auch noch hier.
Und genauso ist es mit der Wiese vor dem S-Bahnhof und so manchem Plätzchen hier, das noch nicht bebaut ist, und wenn wir jetzt rechts rum fahren, dort an der S-Bahn-Brücke stand ein großes Haus, dort wohnten die Fremdarbeiter, und die durften die Luftschutzkeller nicht einmal betreten, die sind hier in einer Nacht alle verbrannt, diese Leute sind ja auch noch da! Nein,
Sie sind nicht alleine hier mit Ihrem Abgang des
Erschlagenen, des

Un-
Vollendeten Lebens!

Und wenn wir jetzt noch einmal rechts herum fahren, das jüdische Altersheim ist nur noch ein leerer Fleck, von dort fuhren Gaswagen mit Menschen paar Monate lang immer am Hackeschen Markt herum, bis die vergast waren, drinnen, die Leute, denken Sie, die sind weg?

Oder die Geister der toten Soldaten, die dann nach der Schlacht um Berlin alle, alle hier auf den Platz hinter dem Altersheim, also auf den jüdischen Friedhof gebracht wurden, und dann lagen sie da in großen Haufen erst alle zusammen, bis sie sortiert wurden, ein Haufen Russen und ein Haufen Deutscher in einem sehr heißen Mai, oder die Frauen, die vor der Fleischerei Koschwitz in Schlangen nach Wurstsuppe anstanden, und nicht gegangen sind, bei Bombenalarm, und das war auch nicht richtig, die lagen dann auch auf dem Pflaster, tot, sehen sie, das wusste ich, darum wollte ich sie auch nicht haben an meinem Tisch, das habe ich kommen sehen, sie holen das Schlechteste aus mir heraus, den anderen habe ich das nicht erzählt, denen, die vorher am Tisch hier gesessen haben, das tut mir jetzt leid, aber wir fahren auch schnell dran vorbei, und das Pflaster ist neu, gottseidank, denn
Wir wollen hier leben und nicht
Diese alten Geschichten hören,
Und:
Genauso ist es mit Geschichten über Sie!

Mit wem ich auch gesprochen habe, mit Freunden oder
Bekannten, mit Kindern und andern Verwandten geredet, sie
Haben nur geseufzt und sich abgewandt, oder
Ein
Anderes Thema genannt oder
Gesagt, es sei nur die Langeweile, und die große
Unzufriedenheit auch, dass sowas passiert,
Und
Woanders, da wäre es auch so. Aber wenn Sie nun schon
Drin sind in unserem
Neuen Café, und wir so in der Runde fahren, dann
Könn' wir die Sache ja teilen:
Ich winke den neuen Häusern und sie
Grüßen die alten Toten.

Und da nickt er doch wirklich und nickt und nickt
Zu mancher alten Ecke und versucht auch ein Lächeln
Manchmal, und das Schiff, das biegt nun in die
Auguststraße ein.
Wir haben nur eine winzige Runde gedreht, aber ihm
scheint nun leichter zu sein.

Er ist ja auch geborgen hier und in keiner schlechten
Gegend – im Gegenteil!
Diese Straßen hier, hat mir mal jemand
Gesagt, müssten heilig gesprochen werden!
Das war
Eine alte Frau, die
Dort vorn

In der Oranienburger wohnte.
Oranienburger Straße fünf, da wo das Schiff grad endet
Und
Koschwitz beginnt, und wo Koschwitz dann auch endet.

Die Alte, die hatte im Hinterhaus einen Ausblick auf
Den Friedhof und immer eine Flasche
Schnaps im Regal und ihre alten
Fotografien. Es waren ihre Kinder drauf und die
Verflossenen Männer und
Dass sie eine schöne Frau mal war, das war drauf
Und
Auch das war nicht zu ändern.

Es ist nicht zu ändern, sagte ich, was Ihnen
Nun mal geschehen,
Aber jetzt stehen wir zusammen hier,
Und hier in der Mitte ist unser Café.
Jaaaa!
Auf diesem Boden blüht die Wunderblume,
so war es immer und jetzt ist es wieder so!

Hier scheint die Sonne anders, hier
Ist es wieder schön, hier
Will doch jeder sein und
Auf der Straße gehen, das
Sagt sich so leicht hin, das
Ist das Schwerste, das
Kann nicht jeder, und

Es ist das Erste, wenn
Ich Berlin erreiche, dann
Fahr ich zu ihm hin. Setz
Mich in mein Kafeehaus, seh
Aus dem Fenster raus, seh
All die andern Leute sich
Über Wasser halten, weil
Sie ja alle kommen, die
Neuen und die alten
Pflastertreter hier, die Menschen in Mitte.

Und wenn Sie nicht laufen können, dann
Bleiben Sie einfach sitzen
Auf unserem Schiff.

Ach, das Schiff, ach, das Schiff,
Ach, der Tanker, das
Alte und dreckige Deck.
Abgetaucht und dageblieben,
Weg und wieder hier,
Berlin, Berlin, zum letzten Mal,
Was kriegen wir dafür?

Ja, – wenn Sie nicht laufen können, dann bleiben Sie einfach sitzen.

Ein Platz am Fenster ist immer frei.

Es ist überhaupt noch viel Platz an Deck. Und immer noch so hübsch mit den Lämpchen, den Straßenbahnen, mit VINI E SALUMI und den langhaarigen Frauen, die ihre Haare hinter der Stuhllehne baumeln lassen,
Und
Das ist ja auch kein Dampfer in Wirklichkeit.

Es ist einfach ein Café am Hackeschen Markt. Es leert sich gerade, es ist kurz vor acht, manche gehen hoch ins Kino und sehen sich Geschichten an, von Juden, die verfolgt werden und von Frauen, die sich Liebhaber suchen und von Kindern, die alleine leben, und das sehen sie alles, und dann kommen sie wieder runter und trinken Kaffee und starren aus dem Fenster. Oder sie holen sich die zerknautschten Zeitungen des Tages und lesen ein bisschen darin. Ach Unsinn, sie telefonieren, sie sitzen ja jeder alleine mit Telefon an seinem Tischchen, mit Handtelefon, sie reden und rennen dann schnell wieder raus. Aber hierher kommen sie gerne, weil es so aussieht, als könnte man hier auch bleiben.

Und das
Kommt von dieser Zeit,
Als man für Straßenecken noch
Solche Schiffe baute.

(Die kursiv gesetzten Passagen sollten gesungen werden.)

UND GRÜSS MICH NICHT UNTER DEN LINDEN – ODER DOCH?

Seit dem siebzehnten Juni ist wieder Bewegung, seit
Die Truppen abziehen, gehen
Wir wieder herum in der Stadt so wie
In dieser November-Nacht,
Als sich alles geändert hat.

Morgens Siegesallee, wo
Amerikaner, Franzosen und Briten
Zum Abschied marschieren, die Russen nicht, die
Werden am Abend singen
Im Lustgarten Unter den Linden.

Und wir laufen am Hackeschen Markt vorbei, an der
Börse, die's gar nicht mehr gibt, zum
Lustgarten, dort sind die Linden
Klein, aber blühen,
Sie blühen schon.

Das Schloss aus Plastikfolie sperrt
Den Blick nach Süden ab
Paar Regentropfen fallen, und die kleinen
Linden halten den Regen nicht ab.

Das Alte Museum ist verstellt von einem
Bühnenkasten,
Aus Stoff und Stangen, und die versperr'n,
Sogar die Adler, die
Hundert Jahre schon dort auf dem Dache sitzen.

Die achtzehn grossen Adler aus Stein sind für heute
Verschwunden, dafür
Steht rechts und links von dem Bühnenkasten ein
Gewaltiges Telefon.
Es ist auf Stoff gemalt und in jedem
Leuchtet
Ein Bildschirm, darin laufen Filme über es selbst,
Also
Über ein tragbares Telefon.

Wir sehen zuerst das Telefon, später
Wald und Meereswellen, auch Felder und
Liebespaare,
Schließlich ein Kind, und das greift sich ein
Telefon und ruft Pappii!
Ich kann dich jetzt immer erreichen!
Dann wieder Meereswellen und das Liebespaar
Auf einer Bank
Und dann wieder das Telefon.

Vom Dom blinkt das Kreuz neu vergoldet,
Schön stramm stehen die Engel dort
Oben und blicken

Herunter, hier warten
Der Menschen viele und schlingen an ihrer Brat-
Wurst, denn
Die Sänger sind noch nicht da.

Wir essen, wir reden, wir halten aus, im
Lustgarten Unter den Linden
Alle Jahre mal ist das das Wohnzimmer hier,
Da kannst du mich suchen und finden.

Zwischen den Telefonen die Bühne ist leer, und
Rot
Bespannt von einer Fahne mit Stern und
Den bekannten Profilen von
Marx-Engels-Lenin, nein, drei
Andren Gesichtern nach links gewandt:
Ein Punk, ein Soldat und ein Hund!

Die Leute warten, es stehen hier
Sehr junge und sehr alte,
Die Jungen trinken längst ihr Bier und
Die Alten, die Pünktlichen, frier'n.

Das Volk von Berlin hat heute früh an der Siegesallee
Eine halbe Stunde
gewartet bis die Parade begann, nun
Wartet es eine Stunde. Was
Versprochen ist,
Spielt keine Rolle mehr, der Masochist ist gefragt.

Dreht sich weg, wer so denkt und will gehen,
Jedoch
Es reißt der Vorhang für einen Moment auseinander, ein
Schimmer Gold ist zu sehn, und gleich
Hört man Aaaaahhhhh!
Die Russen – die Russen sind da.

Alles strafft sich wieder, die Erwartung wächst, und
Licht
Kugelt hinter dem Vorhang herum in
Strahlen, das glaubt man nicht,
Sie kreuzen sich, steigen
Hinauf und hinab, sie fallen in Funken zerstreut, und
Wenn dann der Vorhang sich teilt, hört man:
Freude!!!!
Auf Deutsch aber doch mit Akzent:
Freude!!!!!!!!!!!!
Da hopsen sechs goldene Zwerge mit bunten
Gitarren
Vor eine Wand aus Offizieren,
Und hinter denen stehen Plastikpalmen und
Wackeln mit ihren Köpfen.

Rechts auf dem äußersten Bühnenrand ein
Elektrischer Küchenherd, groß wie ein Schrank,
Links
Dasselbe, und auf jedem tanzt
Eine dünne Frau in einem sehr
Kurzen Kleid.

Die Gitarrenpunks schrei'n und kreischen herum
Unerschütterlich aber der Chor singt:
Wir betreten freudetrunken
Himmlische, dein Heiligtum.

Die Telefone am Rande senden weiter die Meereswellen
Auf den Herden die Damen in Blau und Rot wackeln
Wie Schlingpflanzen schön
Die Zuschauer haben den Mund aufgesperrt, und dann
Wollen die Ersten auch gehen.

Hohorock'n'roll singen die bunten Figuren
Hohorock'n'roll singt der Chor und das klingt,
Als ob ein Gebirge zu brummen beginnt.
Hohorock'n'roll, kann das denn sein, die
Ruhmreiche Rote Armee
Verarscht sich hier selber für Dollars vielleicht, für
Ein tragbares Telefon.

Die Lippen einer Lehrerin neben mir sind blass und
Schmal
Wie ein Strich, daneben zwei Säufer schreien:
Det gloobste nich!

Das glaubt man nicht, und doch können wir's alle sehn:
Die Russen stehen in Uniform, mit Orden an der Brust, sie
Halten rote Mappen, die sie
Nach Bedarf mal auf
Und dann wieder zuklappen.

Die grauen Genossinnen ratlos – Verrat!
I like it, singt vorne ein rockiger Zwerg, der sich
Leningrad Cowboy
Nennt.

Ein Finne, sagt der Säufer jetzt neben mir, wer
Sonst, wenn nicht aus dem Westen ein Typ
Würde heute von Leningrad reden.
Farben im Hintergrund, Scheinwerfer, bunt, sie
Hopsen und kreischen da oben,
Und dann singt ein General mit der Brust voller
Orden das Lied der russischen
Wolgasklaven.
Erst leise, dann lauter summt dazu der
Chor der ernsten Offiziere, als ob die da vorne in
Einer Kiste das Meer, ja das Meer
In den Lustgarten reinkippen
Jetzt.
Das Stöhnen der Russen aus uralter Zeit, das
Schieben sie
Wie eine Wand, einen Körper, so
Riesig, jetzt streckt er sich aus und
Räumt alles andere ab.

Rechts und links die Kunsttelefone
Senden weiter die Meereswellen, und oben
Zwischen den Offizieren hopsen die goldenen
Zwerge herum, sie
Tanzen für uns und sie toben.

Hier unten tanzen die ersten auch, die Sonne ist weg
Und
Der Mond nicht zu sehn, die Bühnenbeleuchtung
Wechselt die Farben
Und
Die Leute wollen nicht gehen.
Sie rufen: Die Leila, die Leila!
Die Leila, ächzt der russische Chor und lacht selber,
Man
Hört es genau – jetzt sind sie ein U-Boot, jetzt sind sie
Die Beatles mit
Yellow Submarine, die Rote Armee lacht und tanzt
Höhöhö,
And a yellow submarine, yellow submarine, yellow
Submarine!

Da lachen die grauen Genossen auf
Einmal auch, der
Wahnsinn springt über, die Finnen da vorne
Sind gänzlich mit falschen Orden bedeckt, kann sein,
Die mit den echten dahinter,
Die
Auch nichts mehr wert sind, die
Würden wohl lieber da vorne mittanzen, also
Als Rocker wiedergeboren sein, und die Jungs da als
Generäle?

Ein Tenor,
Der war bei den Beatles nicht vorgesehen, eine
Hohe russische Stimme
Treibt das U-Boot jetzt weit in
Den Himmel über den Linden.
Und die Leute darunter lachen noch mehr
Als sie klatschen,
Sie lachen und lachen und alles vergeht wie ein
Kloß hier im Hals,
Ist das die Befreiung vielleicht?

Kalinka! ruft einer, und vorne der Zwerg mit der
Riesigen Tolle
Überreicht einem Sänger das Mikrofon, sagt:
Mister Kalinka! – der ganze Saal
Hält die Luft an und dann –
Na wie immer, aber wie immer auch nicht, es ist ja
Das letzte Mal.

Na und?

Sie haben Prag besetzt, die verdammten Offiziere,
Geträumt und gewartet, kapiert ham sie nichts,
Sie haben uns längst verraten,
Und doch – sie haben Berlin befreit und den Krieg
Haben sie entschieden.

Die Fahne, die auf dem Reichstag wehte,
Die war am Ende rot
Aber rot ist das Blut, wer verblutet, ist tot,
Raszwetali jabloni i gruschi – Katjuscha,
Das war einmal.
Dazu steppen die Frauen links und rechts auf den
Beiden Küchenherden
Und wenn das nicht ernst ist,
Dann weiß ich nicht.

Der russische Bär wird verprügelt jetzt und
Alleine zum Tor rausgejagt
Jetzt, wo die Tore offenstehn in ihren alten Kasernen
Und ihre Fahne endlich auch
Diese Farben trägt: Blau Weiß Rot.

Die Russen singen nochmal und gehen,
Sie wurden nicht eingeladen, dort, wo die Ab-
Schiedsparade war
Heut in der Siegesallee.
Aber hier ist die Feier im Gang.

Der Lustgarten wackelt, der russische Chor
Schiebt die Wand aus Gesang nach Belieben
Vor
Und zurück
Hoch und runter, die Kraft verschwindet nicht,
Scheint mir, sie bleibt.

Ich dränge mich mehr in die Mitte
Der Menge und da kann ich seh'n
Es sind nicht alle Adler verdeckt von der vorge-
Bauten Bühne, nein,
Von den achtzehn Stück sind auch welche frei
Geblieben, und das sind zwei.

Zwei schwarze Vögel dort oben still vor dem
Dunklen Himmel sehen zu uns
Herunter und
Auf der Bühne in den Reihen der Offiziere hebt
Einer
Den Arm und winkt und ein Zweiter, ein
Dritter, hier unten
Sind es Tausende, die winken und rufen:
Ihr geht
Und für alles, was wir hätten machen können,
ist es mal wieder zu spät!

Das sehen die Adler, die beiden, die kein
Gerüst
Vor den Augen haben und ringsherum
Steigen Raketen auf, ein Feuerwerk,
Die Finnen und Russen
Tanzen
Vor dem Licht und den künstlichen Sternen
Auf ihrer Bühne da oben.

Ein Bus, der Unter den Linden
Vorbeifuhr,
Hält an und steht,
Er kann wohl die Uhrzeit nicht finden.

Wie spät ist es?
Gestern?
Oder haben wir heute vielleicht?
Oder morgen, wenn wir mal zusammen
Uns alles sagen können, was war und
Einer den andern
Umarmen?

Aber die Zeit ist vorbeigegangen und wofür sollen
Wir
Uns bedanken?

IN HEINES MANIER:
DAS HAUS DES 9. NOVEMBER

1

Vor kurzem im Bett irgendwann, da
War schon der Sommer zuende, ich dachte
An Weihnachten und meinen Mann und betrachtete
So meine Wände. Ich dachte, das ist nun mein Haus.
Dann rief jemand an.
Und erzählte, dass bald wieder Feiertage und
Der 9. November zum zehnten Mal, und ob ich
Nicht Lust hätte etwas zu schreiben, denn
Das Datum sei ideal.
Für mich, meinte der Redakteur, denn ich hätte die
Richtige Bildung,
Aus dem Osten sind Sie und sind auch kritisch und
Sie denken auch noch politisch, also,
„Zehn Jahre 9. November" – er würde sich freu'n,
Und übrigens, wenn ich was schriebe, dann
Soll's nicht über heute, nein, das machten alle,
Dann soll's über morgen sein.
Die Zukunft.
Sagte es, legte auf und ich
Wollte es mir überlegen, und
Betrachtete so meine Wände und dachte,
Das ist nun mein Haus.

Dann dachte ich
Neunter November
Dieses historische Datum, das gab's für die Deutschen
Dreimal in diesem Jahrhundert, was
Tatsächlich jeden verwundert, und dann
Schlief ich ein.

Wachte auf – da regnet es draußen und ist
Schon winterlich und
In meinem Zimmer, da stehen zwei Männer,
Recht ernst und wunderlich
Sie tragen schwere Mäntel und zieh'n sie auch nicht aus,
Sie blicken herum und sagen laut
Soso, das ist nun Ihr Haus.
Jaja, sage ich, das ist es, besser ist es nicht geworden,
Aber wer bitte sehr sind Sie?

Wir sind hier zwei Gesandte, zwei Geschickte
Sind wir hier,
Wir kommen um Ihnen zu helfen, denn Sie hatten
Sich grade gewundert.

Das stimmt, sagte ich, es ist richtig, ich konnte
Nicht versteh'n, wieso sind in Deutschland mit solcher
Wichtigkeit
Drei neunte November geschehn?

Ach Gott, sagte da der eine,
Wenn's weiter nichts ist, das ist ein modernes Land,

Historische Daten entscheiden sich hier
Schon lange nicht mehr auf dem Mist,
Die werden entschieden.

Das erste, das war noch Wildwuchs,
Jahrhundertanfang, das muss man verzeih'n
Da kamen die Weltkriegssoldaten direkt von der Front
So zornig nach Preußen herein.
Den Krieg zu beenden vertrieben sie den Kaiser,
Besetzten Berlin und am
9. November, da
Riss es Karl Liebknecht dann hin,
Er proklamierte die deutsche,
Die sozialistische Republik, und leider
Gehen auf diesen Tag
Die anderen Daten zurück.
Der Adolf meinte später, die Deutschen hätten
Den Krieg noch gewinnen können, wär' nicht
Der Liebknecht gewesen.
Pazifisten und Demokraten war'n für ihn
Verbrecher und Juden, und als er es ihnen
Zeigen wollte, da wählte
Er den 9. November.

Der Liebknecht war kein Jude – sagte der zweite
Der seltsamen Männer,
Da ging es schon los, sie stritten sich, na einer
Oder keiner, sagte der erste, das
Ist doch egal, symbolisch war er einer.

Symbolisch, symbolisch, das war so ein Wort,
Das die beiden gerne benutzten,
Geschichte sei ja nur so zu versteh'n, sagten sie
Und putzten sich
Die Schuhe ab und setzten sich an mein Bett.

Ein bisschen weg hier, sagte ich, wenn
Besuch kommt, dann stehe ich auf.
Aber sie rührten sich nicht von der Stelle und
Sie beharrten darauf
Mir auch noch den dritten Jahrestag genauestens zu
Erklären, obwohl ich
Sagte,
Da bräuchte ich keine Belehrung, ich sei selber
Dabeigewesen.

Ja, wo warst du denn, Mädchen, so fragten sie,
Das war mir nicht unangenehm, ich hatte da so eine
Anmutung
Vor mir meine Väter zu sehn. Meine Urväter
Möglicherweise, und
Wurde ganz kleinlaut, und leise
Gab ich zur Antwort: Ich war auf der Straße.
Da lachten sie laut hahaha hohoho
Was sieht man denn auf der Straße so?

Ja nicht viel, oder alles, wir rannten,
Sagte ich, in diesen Tagen
Von einem zum andern und debattierten und

Diskutierten und starrten ständig ins Fernsehen rein
Na, unterbrach mich der eine –
So wild wird es wohl nicht gewesen sein,
Was du uns erzählen kannst, wo hast du denn
Die Öffnung der Grenze erlebt?
Na im Radio, fiel mir tatsächlich ein,
Da war ich zu Hause gewesen.

Es hat also das revolutionäre Volk nicht
Mit den Fäusten die Grenze zerrissen, sagte er nochmal,
Das ist schon wichtig,
Das wollt ich nur wissen.
Es hätte aber, so sagte ich, es hätte ganz gewiss.
Es hat aber nicht, wiederholte er,
Und darin liegt der Beschiss.
Es wird doch alles beschleunigt in dieser modernen Zeit,
Man lässt die Dinge nicht reifen, sogar
Schon jede Geburt wird beschleunigt, man ändert so mit
Gewalt
Das richtige Datum und was das zur Folge hat,
Das ahnt ja noch kein Mensch.

Die Mauer, als sie erbaut wurde, war
Von Ihrem Erbauer, dem Walter Ulbricht,
Auch Schutzwall genannt, ja genauer:
Antifaschistischer Schutzwall.
Und wenn sie fiel – wer hatte gesiegt?
Der Faschismus.

Die Grenzöffnung hielten die immer schon für den
Untergang
Des deutschen Sozialismus.

Natürlich, das war nicht zu halten gewesen, da war
Gar nichts mehr zu löten, aber
Sie hatten die Schlüssel noch, und ehe das revolutionäre
Volk
Sich raffte, die Grenze zu stürmen, da konnten sie
Schneller sein und selbst
Die Tore öffnen und türmen.
Und nicht nur das, sie gaben der Sache auch
Das Datum und damit den Namen.
Sie hatten die Wahl, er lag ja auch nah und brachte
Für immer einen schlechten Geschmack in alle
Siegesfeiern, ja
Es führte so weit, dass der Tag als Tag der Einheit
Nicht in Betracht kam –
Dieser Feiertag für den Mauerfall,
Der fiel auf jeden Fall aus.

Das hatte ich ja noch nie gehört in meinem warmen Bett,
Erinnerte ich mich immerhin, dass das Datum
Uns damals irgendwie Freude verdarb, so für ein
Kurzes Stündchen. Ich setzte mich hin und dann
Stand ich auf und suchte mir meine
Strümpfchen.

Ich suchte
Die Hose, ich suchte das Kleid, ich suchte und fand
Das auch alles
Ich zog mich an und putzte die Zähne und war nun
Zum Angriff gerüstet.

Nun gut, sagte ich, und wenn es so wär',
So hätten wir mit den getürkten Zahlen doch auch nur
Das echte Datum
Der deutschen Republik!
Was die Fälscher also hätten verhindern wollen,
Darauf kämen wir dadurch zurück!

Da hat sie Recht, meinte der eine und der andere
Sagte das auch und
Dass ich ein hübsches Kleid trage, und ich dankte,
Es war von Armani.
Ich trug – das wunderte mich selbst – nur Sachen von
Armani
In dieser Nacht und sie standen mir gut.

Na Mädchen, so fing wieder einer an, na haste nun alles
Verstanden –
Sie berlinerten manchmal, das erinnerte mich an etwas,
Aber
Was es war, fiel mir nicht ein.

Ja, sagte ich, wir haben
Drei gleiche Daten in unser'm Haus , die
Mörderisch wichtig waren, also
Hat die deutsche Geschichte in diesem Jahrhundert
Den Schwerpunkt im Zeichen Mars.
Denn die Neun ist von Mars, der November auch und
Sogar die
Stadt Berlin, wie es weise Leute errechnet haben –
Alles von Mars regiert,
Und: In Berlin ist auch alles passiert.

Ja, da staunten die beiden, so ahnungslos war
Ich auch nicht in den Symbolen, und nun
Wollten sie sich nicht lumpen lassen und
Zum Gegenschlag ausholen.
Du sprichst vom Haus, sagte einer, und tat sehr
Schlau
Dann sag doch mal – wie sieht es aus
Weißt du das so genau?

Nun trug ich ja das schöne Kleid, und das
Gab mir wohl Mut,
Ich stellte mich jedenfalls grade hin und sagte
Ich kenne es gut:

Es ist das Haus des 9. November,
Das Haus des wüsten Wind's,
Das Haus der schwankenden Wände und
Das Haus meines eigenen Kind's.

Danach erschrak ich selber – ich hatte es nie geseh'n,
Aber die Männer erhoben sich plötzlich und
Nickten und sagten
Dorthin woll'n wir jetzt gehen.

Momentchen, rief ich, Momentchen, ja muss das
Wirklich sein
Das Haus des 9. November
Da will ich gar nicht rein!

Aber sie waren schon draußen, in Mänteln lang und
Schwer
Und ich trug nun ein Strickkostüm
Und rannte hinterher.

2

Es war schon seltsam, wie genau
Wir wussten, wo es stand, das Haus, ein eher
Schlichter Bau
Fest ausgeführt und schnörkellos, von unauffälligem
Grau.
Das Tor massiv, die Klinke auch, aus Messing und
Geputzt,
Man sah, es wird der Eingang doch
Auch heute noch benutzt.

Meine Begleiter zögerten, sie hielten sich zurück
Dagegen ich war selbstbewusst und meiner Sache
Sicher.
Ich griff schon zu der Klinke, da
Sah ich – sie wollten nicht.
Sie wollten nicht, sie fühlten sich hier offenbar nicht
Wohl, ich ließ die Klinke wieder los und fragte,
Was wir nun machen woll'n.

Ich sah den Älteren so an, da wurde es mir klar,
Dass dieser kleine, graue Mann ein alter Jude war.
Ich sah dem andern ins Gesicht und ich
Erkannte nichts.
Und wiederum, verschwommen zwar,
Erinnerte ich mich.
Mein Papa und mein Großvater, die liefen neben mir,
Na toll auch, und wo sind meine arischen Verwandten,
Entfuhr es mir laut, warum nun grade ihr?

Die trau'n sich nicht, das sagte mein Großvater
Leise,
Die kommen damit nicht klar,
Dass sie mich umgebracht haben, und
Die Großmutter auch mit.
Am liebsten rissen sie aus diesem Haus ein gewisses
Datum heraus, du weißt schon, welches ich meine.

Aber das geht eben nicht, es lässt sich nicht
Anders fügen. Wir sind nun mal
Und bleiben es,
Hier eine tragende Wand,
Aber meistens wird unser Name nun
Bei denen der Opfer genannt,
Und das ist kein Vergnügen.
Man hat doch was geleistet.

Aber nicht mal die Enkel wissen es, sie erschrecken
Und distanzieren
Sich
– Hier sah er mich böse an – von uns, statt
Richtig zu recherchieren.

Wieso? rief ich, ich weiß genau, du warst mal ein
Berühmter Rechtsanwalt und SPD und hast
Die armen Proleten
Kostenlos verteidigt, die dich dann später beerbten
Und
Nach Theresienstadt verschickten.

Es waren nicht dieselben, sagte der Alte,
Er wollte sich wohl trösten.
Dann nahm er meinen Arm, und fand ihn
Rund und warm,
Wir gehen, so flüsterte er mir ins Ohr,
Erstmal einen Kaffee trinken.

Warum willst du gleich Pause machen, fragte ich
Den Alten, da
Sah ich, er konnte die Hände
Vor Rührung nicht ruhig halten.
Mein Vater dagegen erschien mir bleich und
Ohne jede Regung.
Verschwunden war die Sowjetunion und
Die kommunistische Bewegung,
Verschwunden
War die SED, die ihn ja längst verstoßen
Hatte, und doch, ich sah es genau,
Es tat ihm immer noch weh.

In meinem Zimmer war er
Klug und würdig mir erschienen, jetzt in dem Haus,
Da ging es ihm
Doch mächtig an die Nieren.

Du solltest froh sein, sagte ich, du wärst doch
Selber fast
Nicht nur verbannt sondern krepiert, dir
Winkte doch der Knast.

Da ließ er sich auf gar nichts ein und antwortete nicht,
Ach, hätten sie ihn
Nicht ausgeschlossen,
Dann hätte er anders geguckt.

Wir standen also als Grüppchen
Im Flur des
Hauses herum und ließen
Die Zeit vergeh'n, wir konnten uns nicht,
Wir konnten uns nicht entschließen.

Da plötzlich sprang die Türe auf der unteren Etage
Heraus quoll Rauch und Lärm zugleich und schon kam
Auch ein Panzer
Herausgerattert, riesenhaft und voll bedeckt mit
Staub.
Es war aber ein friedlich Ding, es war ja nur ein Raup-
Enfahrzeug von der Bau-,
Der Baustelle dahinter.

Die Alten hatten sich erschreckt, sie dachten,
Es wär' Krieg,
Doch nein, ach nein, wir bauen hier,
Wir bauen für den Sieg!
Das wird ein gänzlich neues Land, ein ganz moderner
Fleck,
Besonders, was im Osten stand, das musste
Erstmal weg.

Nun ist er fort, der ganze Schrott und
Die langsame Produktion
Erwies sich als Beschäftigung,
Na, das weißt du ja alles schon.
Das sagte ich,
Mein Vater schwieg, er starrte auf die Bau-
Gruben und Kräne und Lastwagen, Betonmischgeräte
Und Pumpen und Rohre und Schienen und Zäune
Und Stahlteile, Betonteile und fein verschweißte
Ytong-Steine und:
Fragte nach der Arbeiterklasse.

Ich tat, als hätt' ich's nicht gehört, ich machte einen
Schritt
Und ging hinein ins Baugebiet und die beiden
Kamen mit.
Wir liefen und wir schwiegen,
Es war auch furchtbar laut,
Im Haus des 9. November
Wurde überall gebaut.

Es wurde überall gebaut und niemand war zu sehn.

Ja Papa, sagte ich, das ist inzwischen anders als
Damals in der Stalinallee.
Da zogen eure Maurer ja zu Hunderten vor
Die Regierung,
Hier siehst du mehrere Maurer nur
Bei 'ner Kirchenrestaurierung.

Wie weit wir dann gelaufen sind, das kann ich
Gar nicht sagen, es
Lag wohl an unser'n Gedanken, die haben uns
Lange getragen.
Die trieben uns voran, voran, es war ja
Vertrautes Gebiet, für jeden von uns und jeder auch
Kam auf seine Weise nicht mit.

Jeder hatte eine andere Landschaft geseh'n auf
Diesen deutschen Flecken
Und nun – war es hässlich, war es schön?
Die Wohnhäuser, die Straßen, die
Einkaufsparadiese, die
Parks, die Parkplätze, die Bankgebäude, die
Versicherungen und dann vor allem
Diese
Fabriken, diese glatten, weißen Kisten hin und wieder,
So still, so leer, so menschenleer, so sauber und
Gesund.

Ein Auto hielt, ein Mädchen riss die Autotüre auf,
Was wolln Sie laufen, ich nehme Sie mit, Sie
Schaffen es sonst kaum.
Sie sind, verstehen Sie, Sie sind
Im virtuellen Raum
Der ist so endlos, riesengroß, der zieht sich wirklich
Hin,
Da brauchen Sie zu Fuß bestimmt
Paar Jahre bis Berlin.

Berlin?
Die Alten blieben steh'n und sahen sich nur an
Sie stutzten, nickten, stiegen ein,
Und meinen Vater konnte ich
Nun endlich lächeln sehn.

Er saß ja vorn, er scherzte mit der Frau, er
Drehte sich
Nach hinten um und rief,
Berlin, da suchen wir uns
Dann ein gutes Restaurant! Der Großvater nannte
Borchardt, das
War aus der Zeit vor dem Kriege, ich
Hatte den Namen noch nie gehört, aber
Das Mädchen am
Steuer, das wusste schon Bescheid.

Schon flog die Spree an uns vorbei, der Tiergarten,
Die Linden,
Und
Nun sollten wir mal runtersehn, das sei die
Friedrichstrasse.
Die Alten nickten, ja, sie ist's, nur ich
Hab' nichts erkannt.
Sie war so schmal, sie war so hoch, mit
U- und Straßenbahn
Und Menschen drängten sich darin, sie schien ja schier
Zu platzen!

Zu meiner Zeit, – das nahm ich mir
Nun auch einmal heraus –,
Da war die Straße leer und breit und
Ecke Linden ein Café mit luftigen Terrassen,
Auch fiel mir ein, dass darin immer alle, ja –
Meine Freunde saßen.

Das Mädel wusste nichts davon, es zuckte mit
Den Brauen,
Es sah nur meinen Vater an, und der tat sie
Anschauen und
Lud sie auch zum Essen ein,
Das hatte ich erwartet.

Oh ja, sprach sie, oh ja, jedoch zuerst muss ich uns
Runterbeamen, und dann in die Garage.
Ich beame also erstmal Sie und komme später nach.
Sie warten doch auf mich, nicht wahr, mein Vater sagte:
Ach,
Das ist doch klar, da können Sie
Sich eine Gans drauf braten, sie kicherte und sie
Verschwand.
Dann wurd' es uns so schwach,
Wir fielen abwärts und wir sah'n
Von Borchardt nun das Dach, die Fensterscheiben
Dann
Die Türen und das Tor und ganz zuletzt, da sahen wir
Das Pflaster auch davor.

Das war es nun, da standen wir
Wir waren reingeschneit, wir waren wieder in Berlin
Nach endlos langer Zeit.

3

Berlin Berlin, es regnete, es wehte starker Wind,
Wir wollten drinnen warten, bis
Es kam, das schöne Kind. Es war ein kleiner
Tisch noch frei
An
Diesen großen Fensterscheiben zur Straße hin
Und
Mein Vater sagte, es sei ein teures Lokal, sowas
Könne sich nicht jeder leisten.

Was jeder sich leisten kann, hatten wir schon,
Sagte ich, und ich fände es schön. Da
Hob er fragend die Augenbraue und stand auf und
Wollte mal seh'n
Wo die Mohrenköpfe stehen,
Und er schmunzelte dabei.
Die hat er als Kind mir immer spendiert, also hielt
Er meine Äußerung für reinste Kinderei.

Der Großvater wiederum fand,
Ich sei jemandem ähnlich, von dem ich
Niemals
Je gehört, und er erklärte mir
Familienverbindungen
Der Stufen eins bis vier, der Grade eins bis
Hundertacht,
Mein Vater sagte nichts.

Warum hast du das nie erzählt, fragte
Sein Vater dann. –
Ja Gott, warum, warum nun auch,
Es war schon schwer genug.
Da
Wurde dieser Großvater doch zornig und er schrie
Du warst der Einzige am Leben und deshalb
Hätt'st du sie
Doch immerhin belehren sollen, dass du nicht
Der Einzige bist.

Im Allgemeinen hat er's ja, da hat er's ja getan,
Das warf ich ein. Das nutzt dir nichts,
Das nutzt dir nichts,
Das schrie der alte Mann.
Das Allgemeine nutzt dir nichts, das macht dich
Doch nicht frei,
Ein nicht geehrter Toter ist
Den Lebenden wie Blei!
Er hält dich fest, er drängt sich vor, er
Will nur immer seins, sein Unglück zeigen, und
Sein Recht, und du
Da nahm er meinen Arm – du machst, was
Diese Toten woll'n und weißt es nicht einmal.

Und das Geschrei ging weiter, zuerst der Alte, dann
Wieder er, und
Noch einmal der Alte.

Mein Vater schwieg, darum hab' ich
Zuletzt ihn dann gefragt,
Hör mal, du bist doch jetzt bei den Toten –
Ist es wahr, was Opa sagt? Die Antwort war:
Im Prinzip.

Im Prinzip sei es so, und er habe das auch nicht gewusst.

So saßen wir bei Borchardt und die Sache wurde
Mystisch.
Zu allem Unglück ließ die Frau
Uns sitzen, realistisch betrachtet hätten wir
Nun längst
Das Lokal verlassen können, aber die beiden Alten
Wollten sich davon so schnell nicht trennen.
Sie saßen und sie tranken Tee und holten sich
Die Zeitung, das
War der Punkt, wo ich erschrak, wie war doch gleich
Das Datum?

War es November, es sah so aus, es regnete und
Es stürmte, und wenn es so war, dann musst' ich
Nach Haus
Und den Artikel schreiben.

Wie ist das Datum? – Aber die beiden Alten, die
Antworteten nicht.

Mein Vater hielt ja die BERLINER ZEITUNG in seinen
Händen und
Lehnte sich entspannt zurück, das sei ihm eine Freude,
Die hätte er doch aufgebaut, das sei
Von ihm ein Stück. Und diesen schönen, alten
Kopf
Vom BERLINER TAGEBLATT,
So brummte er ganz stolz
Den habe ich ihr doch verpasst, den hatte ich
Gerettet.

Und alle Freiheit hast du ihr
Dann bald auch weggeplättet, das sagte ich
Schnell hinterher.
Nicht alle, längst nicht alle, nein, ich sollte sie erst
Lesen, bevor ich schwatzte, aber
Bürgerlich, da hätt' ich recht,
Das sei sie nie gewesen.

Sie war parteilich, sagte ich, und immer nur für
Eure
Partei.
Gewiss, das räumte er mir ein, aber es war nach dem
Kriege. Du weißt ja nicht, was da so in den Köpfen
Spukte, und außerdem,
Das neue Deutschland sollte nicht
Kapitalistisch sein.

Ich weiß, ich weiß, das sagte ich, nun zeig mir mal
Das Datum.

Sie zeigten mir die Jahreszahl auf ihrer schönen
Zeitung,
Ich starrte sie an, es war irgendwas, es war
Irgendwas mit Zweitausend.
Zweitausendacht?
Zweitausendzehn oder Zweitausendzwanzig?
Als ich jedenfalls diese Zweitausend gesehn, da
Wurde mir ganz anders.

Mir war, ein Riss geht durch mein Herz, ich hätte
Was verloren, die ganze Welt von gestern sei
In das All geflogen,
Ein kalter Wind, ein Abgrund, ach, ich kann es nicht
Beschreiben,
Mein ganzes Leben schien mir durch die Löcher
In
Dieser Zahl zu rutschen.
Es war schon weit, es war schon weg, es
War nicht mehr zu sehen, und
Wiederum, wie frei war ich, ich konnte einfach
Gehen.

Ich war in einer andern Zeit, ich konnte sie vergessen, die
Sorgen der Vergangenheit, wer
Wollte die noch wissen?

Ich sah die beiden Männer an, die waren plötzlich
Klein und faltig auch geworden,
Man sah, sie hätten mir das Datum
Lieber nicht gezeigt.

Was habt ihr denn, hab' ich gesagt, jetzt
Werd' ich endlich frei! – Jaja, war da die Antwort,
Jedoch
Du musst allein
Dort rein.

Ihr seid doch auch da, sagte ich, ihr
Sitzt doch neben mir.
Naja vielleicht, so sagten sie,
Vielleicht noch ein halbes Stündchen.

Ein halbes Stündchen, lieber Gott,
Wie schnell ist das vorbei, wo woll'n wir hin,
Was woll'n wir seh'n und kommt ihr nochmal
Wieder?
Da lachten sie verschämt und sahen
Einer dem anderen in das Gesicht –
Ob wir wiederkommen, fragt sie,
Ja Kind, das wissen wir nicht.
So eine Reise fällt nicht leicht, man
Muss sehr viele Grenzen
Passieren, und dann
Muss man wieder zurück.

Ich wusste es, ich war ja auch
Aus einem Sondergebiet, wo die Grenze
Uns täglich vor Augen stand, und wenn
Einer mal herausgekonnt, aus diesem Wartesaale,
Dann war's nicht für ewig, dann musste er auch
Dorthin wieder zurück,
Und manchen Menschen sah man
Nur einmal und dann
Nie wieder, ich wusste es, ich
Kannte das Gefühl bei solchen
Weiten Reisen, und sei es nur
Über den S-Bahn-Damm
Von Ost- nach West-Berlin.

Es war noch hell, der Wind trieb Schnipsel von Papier
Und
Blätter von den Bäumen die Straße lang,
Wir saßen da und blieben auch so sitzen.
Und wie wir da so saßen, elegisch irgendwie,
Da kam ein Mann an unser'n Tisch, der mir
Bekannt erschien.

Es war der alte Schröder Ralf, der
Russenschröder aus Berlin.

Er kam wohl durch den ganzen Raum gestolpert und
Gelaufen und
War schon nicht mehr nüchtern, denn statt

Mich zu umarmen und zu küssen, da
Lag er meinem Vater auf den Schultern und
Zu Füßen.

Genosse! Rief er, dass ich dich im Leben
Noch mal treffe,
Ich kenne dich – du kennst mich nicht, ich war ja nur
Ein Leser
Deiner Artikel, und
Drei Jahre nach dir bin auch ich verschwunden
– In Bautzen, wie du vielleicht weißt –
Hat sie es dir erzählt?

Er hatte also doch bemerkt, dass
Ich am Tische saß! – Acht Jahre Einzelhaft und bin
Dann trotzdem hiergeblieben – Genosse,
Weißt du noch, du
Hast einmal geschrieben: Es muss –
Es muss gesprungen werden!
Denkst du noch daran?

Er dankte ihm, er dankte ihm für diesen
Leitartikel,
Vor hundert Jahren!
Der folgenlos geblieben war!
Er dankte und er setzte sich und nannte Namen von
Leuten, die ich nicht kannte, aber meinen Vater
Offensichtlich freuten, er
Griff sich immer an den Kopf und

Schüttelte ihn auch, er sprach
Von
Bonzen und Staatssicherheit und den Spitzeln
In dem Knast. Mein Freund, der
Schröder, wurde laut, er schlug sich auf die
Knie und schrie, mein Opa rückte ab von ihm
Und
Sah mich nur noch an.

Ich winkte der Serviererin, die kam in
Eile schon
Da war's die Autoführerin und in aller Diskretion
Schlug sie die Speisekarten auf und flüsterte
Dazu
Sie würde mir abraten etwas zu bestellen, denn
Jetzt beginne die Podiumsdiskussion.
Das Fernseh'n stünde schon an der Tür, der Kanzler
In der Garderobe.
Er käme gleich, er würde dann für uns
Den Segen sprechen.

Vorn am Buffet da saßen jetzt sechs Männer,
Und eine Frau, die redeten
Über den 9. November.
Es ging da um
Den Mauerfall, den Aufbau und die Einheit.
Zwei Ostler waren auch dabei, die
Kannte der Schröder wohl, er rief:

Ihr habt mal die Mauer gestürmt, und jetzt
Seid ihr quietschende Schräubchen in der
Unterhaltungsindustrie
Dieser Mediendemokratie!

Stolz war er immer schon gewesen auf seine komischen
Witzchen, und
Die da vorne räusperten sich, und
Einer zog sein Mützchen ab und äußerte: Ach
Ralf,
Komm doch nach oben, dann brauchst du nicht
Dort unten im Parkett zu toben.

Da schrie mein Freund, nach oben, das
Wollte er noch nie, der andere sollte doch
Runterkommen
Und sie könnten auch mal vor die Türe,
Dann würde man erleben, wer in Wirklichkeit
Oben liegt,
Weil der Angesprochene wahrscheinlich dann
Eins in die Fresse kriegt!

Und dabei zwinkerte er
Meinem Vater spitzbübisch zu: Es muss
Gesprungen werden! – Der aber, blass,
Der hielt sogar
Einen Finger vor die Lippen – mein armer Ralf,
Der war für ihn
Wohl nur ein Anarchist.

Mein Opa aber stand nun auf und die Serviererin
Kam mit zwei Männern und die alle drängten uns
Zur Tür, zum Ausgang hin.

4

Es ging hinaus, es ging so schnell,
Der Wind, der drückte uns
An Häuserwände, ich trug ein metallisches
Regencape, und auch die Häuser hatten sich
Hier anders angezogen.

Die Gegend war wie aufgestockt, so am
Gendarmenmarkt,
Wo jedes Haus bisher doch eigentlich
Ganz unverändert war,
Erschien es mir an diesemTag
Verbreitert und erhöht.

Hier wollt ihr langgeh'n, rief mein Ralf,
Da mache ich nicht mit, hier ist doch jedes Haus
Der Kopf
Von einem großen Körper, der täglich, stündlich
Irgendwo
Im Weltall rumherräubert, hier
Wird doch jetzt aus jedem Haus
Ein ganzes Reich regiert!

Dort vorn zum Beispiel, in unserem
Verlagsgebäude, wo wir jahrelang Platonow,
Babel, Eisenstein heraus-
Gegeben haben, da
Sitzen junge Banker jetzt, die reinsten
Kapitalisten!

Er spuckte aus, er winkte ab, er fragte meinen Vater,
Ob der nicht mit ihm feiern ginge,
So auf ein kurzes Stündchen, denn schliesslich
Sei der Mauerfall ein herrliches Ereignis!
Zumal
Am Tag der roten Matrosen noch dazu, und
Als er den zögern sah, da flüsterte er
Schlau
Seine Mutter habe noch Liebknecht gekannt.
Das wirkte und wir sah'n sie beide
In Richtung U-Bahn gehen, ja
In dieser seltsam fremden Gegend
Ließen sie uns steh'n.

Dabei war das für mich urältestes Gebiet,
Hier
Hatte ich meine Bockwurst gekauft
Und hier hatte ich mich verliebt,
Hier hatte ich den Kinderwagen um manche
Ecke geschoben,
Die Häuser waren mir bescheiden und zivil
Erschienen, mit Konsum und Café,
Verstaubt und ziemlich unscheinbar, jedoch,
Ich sah es nun mit Schreck –
Das alles war nicht wahr
Gewesen. Wir hatten da im Osten
Nur einfach nicht den Kopf gehoben zu
Den Dächern und
Den Giebeln.

Wir war'n mit unseren Gummisohl'n
Die Treppen hoch und runter
Getrabt
Zur Kinderkrippe in der Mannesmann AG
Oder
Der Bank der deutschen Luftfahrt! Wir hatten auch
Nicht nachgefragt, wer vor uns diese Stufen
Getreten hat, und ob
Mit Stiefeln oder Hufen.

Die großen Vögel war'n zurück,
Zurück war'n sie gekommen, sie hatten wieder ihre
Häuser, ihre
Nester eingenommen, das spürte man,
Das war jetzt echt, das war'n jetzt
Schwere Klumpen,
Und so ein altbekanntes Haus, das
Ließ sich nicht mehr lumpen.

Es guckte und
Es grüßte nicht, es wollt' mich nicht mehr kennen,
Das tat mir weh, das schmerzte mich,
Jedoch mein Großvater, der
Kleine, alte Mann, der
Grüßte sie, der nickte hin und wieder,
Das war ihm Wohlbekanntes hier, nur
Nicht mehr elegant.

Wir bogen links ab, Richtung West und
Richtung Mauerstreifen, dort müsste alles neu
Aufgebaut und
Unverfänglich sein, das
Dachte ich und führte ihn, wir kamen an
Ein Haus,
Das superneumodern und schön so
An den Linden lehnte, ein Bankgebäude ebenfalls, mit
Einem Drachenkopf
Im Inneren, das
Hat den alten Herrn dann doch etwas
Beeindruckt. Daneben
Stand das große Tor, das alte Brandenburger, da
Plötzlich
Links ein graues Feld, ein Friedhof schien's beinahe.
Der Alte stutzte und ich auch und dann
Hab ich es erkannt.

Es lag da im Novemberlicht, das Denkmal für
Die ermordeten Juden Europas,
Um das so lang' gestritten ward,
Und
Es war riesengroß.
Ich erklärte es, begann auch gleich
Zu schimpfen und zu
Wettern, man hätte das Volk von Berlin
Nicht gefragt, das hier
Wäre gigantomanisch, und viel lieber hätten wir
Einen Park zum Gedenken gehabt

Mit einem kleinen Stein oder
Einen Palmengarten im Glashaus zur Meditation
Und
Was mir dazu noch so einfiel, da standen wir schon
Davor.

Es war ja windig und wolkig der Himmel auch,
Und eben die eckigen Steine,
Große und kleine, ein trostloses Feld
Aber auf manchen lag auch ein Blumenstrauß, das
Überraschte mich.
Wie findest du es? Euch hat man auch nicht gefragt.

Er schwieg.

Und wenn man gefragt hätte, fragte ich, was
Hättest du gesagt?

Er schwieg.

Er schwieg, er schwieg – mir wurde so
Merkwürdig
Zumute. Er hat kein Grab! Fiel mir da ein, er
Ist ja
Nie begraben
Worden und hat auch niemals einen Stein
Bekommen für die Achtung vor dem Leben,
Das er geführt.

Er hat kein Grab, er hat kein Grab,
Der Satz in meinem Kopf, der
Loderte auf einmal auf – wir sah'n uns beide an,

Ein Friedhof, sagte er, und da begriff ich auch:
Der Mann wollte hier bleiben.

Ach Opa, sagte ich, hast du
Dir das wirklich überlegt, grad gestern haben sie in
Weißensee
Fünfzig Grabsteine umgelegt. Willst du
Hier-
Her zurück, Berlin, so richtig in die Mitte, wo
Der Todesstreifen war und auch
Des Führers Hauptquartier?
Und bei jedem Worte nickte er, und ich
Sah es ja selbst, hier stand
Genau für ihn der Stein.

An diesem Platz, am Rande vom Tiergarten und
Den Linden, da
Ist mir mein Großvater abhanden gekommen,
Er
War auf einmal verschwunden. Ich stand noch
Ein Weilchen vor diesem Ort,
Ohne Baum und ohne Gras, und fragte mich,
Welchen Stein
Sich der Alte ausgesucht hat.

Da wurde ich gestoßen, in die Seite und von vorn, es
Blies auch jemand furchtbar laut in
Ein glänzendes Fußballhorn. Es waren viele
Menschen und sie sind beinah gerannt, und
Mancher trug auch in der Hand
Ein Bild und ein Plakat,
Da bin ich hinterhergelaufen, das
Fand ich intressant.

5
Es formte sich ein Strömchen?
Ein Delegatiönchen?
Das wurde dick, das wurde breit, es war
Unter den Linden
Bereits nichts mehr zu finden
Als Menschen auf der Straße, die
Bunte, breite Masse. Sie zog zum
Preußenschlosse,
Das
Stand da an der Spree, und war die größte
Selbstverständlichkeit
Und hat niemanden gewundert.

Sie zogen also vor das Schloss und
Blieben davor steh'n.
Ich war ja sprachlos, sowas hatte ich
Im Kino nur geseh'n.
Das Volk, das Schloss, die Spree, die Engel auf
Der Brücke
Mit Lorbeerkranz im Haar
Es war der 9. November – aber
In welchem Jahr?

Wir standen auf dem Schlossplatz
Musik war auch dabei
Und waren alle nun vereint zur alten Meuterei.

Brot!
Rief zuerst der eine, der andere rief: Benzin!
Und eine Frau mit großem Hut rief:
Nieder mit Berlin!

Berlin, es lebe hoch!, so hörte man es auch, Berlin, es
Soll nur füllen
Der armen Leute Bauch.

Ich bin ja hier ein Veteran von
Neunzehnneunundachtzig,
Das schrie
Ein ur-uralter Mann,
Die Zeit war gar nicht schlecht!
Er habe höchstpersönlich in der besagten Nacht
Ein Stück vom Stacheldrahte
Der Mauer
Abgemacht. Er habe es gehütet und brächte
Es jetzt mit als
Ewiges Vermächtnis der freien Republik.

Das Stück machte die Runde, ich hielt es auch
Vielleicht
Eine kostbare Sekunde in meiner Hand,
Es gleicht
Ja nichts dem Stacheldrahte, ich fand das immer schon,
Er ist
Ja auch ein Zeichen der
Christenreligion.

Die Dornen in der Krone, die
Trug also zuletzt
Das Volk hinter der Mauer,
Das Volk der DDR – was folgt daraus, was
Folgt daraus, es
Hatte was zur Folge, das dachte ich, jedoch ich
Musste jetzt mich um mich selber kümmern.

Es wurde eng vor unser'm Schloss, den alten
Veteran schob man nach vorn, ich sah
In ziemlicher Entfernung
Auch die Autofahrerin, sie wollte mir etwas sagen, aber
Sie kam an mich nicht heran.

Ein Mann stieg auf eine Kiste, er
Sprach von Arbeit und Brot, und schon hört' ich zwei
Frauen auch eine Hymne singen.
Es war darin die Rede von Reichen ohne Zahl, die
In die Schulen gingen um zu rechnen allemal,
Sie lernten wohl das Rechnen und das
Multiplizieren,
Damit die andern Haus und Hof
Und alles Geld verlieren. Die Armen zu vertreten
Das wär'n sie nicht bereit,
Und darum fehle nunmehr auch die Gerechtigkeit.

Im letzten Vers, da war die Rede noch
vom Essen,
Man sollt' es nicht vergessen,

Und schließlich vom Allein-
Allein-allein-allein-
Ja vom Alleine-Sein.

So hörte man es klingen, die Menge stimmte ein,
Man hörte Tausende singen,
Dann flog der erste Stein.
Er flog ich hohem Bogen zum Schloss und
Traf genau
Den Balkon des großen Hauses, da
Gingen in den Sälen dort oben Lichter an.

Es öffneten die Türen sich, ein
Mann trat nun heraus, es sah auch dieser Kerl
Nicht unsympathisch aus.
Man konnte ihn erkennen, denn gleichzeitig erschien
Ein Bildschirm an den Wänden
Mit seinem Leuchtebild.
Er sagte, er sei glücklich über so viel Pu-
Blikum,
Nahm Anlauf und schon saß er
Auf der Brüstung von seinem Schlossbalkon, erzählte
Lauter Witze, er
Beugte sich weit nach vorn, er
Plauderte und scherzte und winkte uns sehr oft.

Hier unten, wo ich stand,
Sah man zu
Mit offenem Mund, dann wurde viel gelacht,

Und irgendwann am Abend
Der Bildschirm ausgemacht. Die Leute waren müde, sie
Trollten sich davon,
Sie wollten nichts mehr wissen von ihrer Revolution.

Nur ein Kerl in meiner Nähe, der wollte lange
Nicht gehen und
Brummte, es sei nichts geworden, und
So sei es nun jedes Mal.

Den fragte ich nach dem Liede, es hatte mich
Stutzig gemacht, was war da
Inzwischen geschehen mit unserer Mathematik?
Wird sie den Kindern in den Schulen
Denn nicht mehr beigebracht?
Er sagte, es sei nicht so einfach,
Die Schulen
Gäbe es nicht, na, es gäbe doch noch welche, aber
Nicht mehr diese Pflicht
Für jeden, sie zu besuchen, und es koste nun auch
Geld, und das hätten sie alle mal
Früher
In einer Abstimmung so gewollt. Denn
Wer lernen will, der soll lernen, und wer nicht will, na
Der eben nicht.

Aber ich hörte doch eine Klage heraus,
Wegen der Mathematik, dass Sie die nicht
Lernen können?

Übertreibung, sagte er, natürlich kann man schon,
Man kauft sich selbst eine CD und lernt es dann
Davon.
Er selber wollte es auch versuchen, zum
Wiederholten Mal
Das freut mich, sagte ich und bat ihn dann um das
Heutige Datum,
Die Zahl.

Der Neunte, sagte er, das sei mit Sicherheit
Genau der Tag, jaja, November, sagte ich, und
Nun bitte die Jahreszahl?
Da schwieg er und sah mich an, ach
Wissen Sie, die Jahreszahlen, die
Waren noch nicht dran.

Und drehte sich weg und lief ein Stück und
Kam gar nicht zurück, stattdessen
Die Autofahrerin stand plötzlich neben mir und
Böse sah sie aus.
Sie sagte: Nein, so geht es nicht, und:
Ach, hätte ich Sie doch
Begleitet, vorhin, was denken Sie jetzt bloß!

Was Sie hier sah'n, das war ja nur
Des Volkes kleinster Teil, der größere, der ist ja
Voll
In uns're neuen Zeit.

Der wär' zufrieden, wäre froh, auch schön und schlank
Wie sie, er wäre
Energiegeladen, voller Harmonie,
Er wäre keineswegs allein und
Würde manchmal essen und überhaupt, ich hätte
Auch
Das Lernen
Ganz vergessen, es bildete der größte Teil der
Menschen sich doch stündlich,
Ja kurz gesagt, die junge Frau, die ärgerte sich
Gründlich.
Sie war vor Wut ganz rot und blass
Sie schäumte und sie rief – so lass'
Ich Sie auf keinen Fall wieder nach Hause fahren!

6

Warum die schöne Frau mich überzeugen wollte,
Verstand ich erst, als sie mich dann
In ihre Wohnung holte.

Es war ein Etablissement
Sehr hell und riesengroß, und mittendrin
Auch ein Regal
Mit allen meinen Büchern!
Sie freute sich, dass ich es sah, sie war sehr
Stolz darauf,
So alte Bücher, sagte sie, die hebt man eigentlich nicht
Auf. Jedoch
Sie hätte jedes schon mehrmals auch gelesen und
Diese Schilderung vergangner Zeit sei immer ihr
Zum Vorteil nur gewesen.

Ich war gerührt, ich blätterte in den
Vergilbten Exemplaren von meiner
Lebenstätigkeit,
Nun hätt' ich gern erfahren,
Ob andere genauso stolz auf meine Arbeit sind,
Da
Fiel ein Foto aus dem Buch,
Es war
Ein echtes, altes Foto von mir und meinem Mann,
Und jetzt
Verstand ich den Zusammenhang
Und sah das Mädchen an.

Jaja, so sagte sie, dein Werk das ist
In der Familie geehrt, wir lesen, rezitieren es,
Wir
Freuen uns daran, und jeder Enkel kann
Zumindest einen Vers von dir auch auswendig
Hersagen,
Es ist ein Schatz, das Werk von dir, wir
Werden ja beneidet. Besonders dies – sie
Zeigte mir
Ein Buch, das ich nicht kannte, ach –
Es lag das Wichtigste noch vor
Und nicht schon hinter mir.

Verlegen stellte ich es weg und hatte
Ganz vergessen,
Mir mal den Anfang anzusehn,
Das wär' es doch gewesen,
Der Anfang von dem nächsten Buch, der
Anfang ist das Schwerste, das hätte Jahre
Mir gespart, naja
Das wird das Erste beim nächsten Male
Wirklich sein, das schwor ich mir dann später.
In dem Moment, da rutschte ich
Nur tief in meinen Kragen. Ich tat
Ein Kaschmirwollkostüm im Augenblicke tragen.

Das Mädchen kochte derweil Tee und hat ihn
Dann gebracht. Mein Leben ist wunderbar, sagte sie und
Ich will, dass du das verstehst.

Ich will, dass du die Welt verstehst, wie
Sie nun mal geworden und nicht nur diese
Fresssäcke, diese Materialistenhorden.
Aha, ich hatte doch den Nerv getroffen mit der
Versammlung,
Nein, meinte sie, grad eben nicht, nun hör mal
Bitte zu:

Das Volk, das spaltet sich derzeit
In die, die sehr viel fressen, und jene, die nun
Eigentlich
Nur selten noch was essen. Ursprünglich sei
Das Ganze von
Der Arbeit hergekommen. Wer Arbeit hatte, hatte
Brot, doch
Aß er deshalb kaum, er hatte viel zu viel zu tun,
Und so sei es geblieben.
Wer wiederum ernährt wurde mit
Spielen und mit Essen ,
Bekam davon dann nie genug und
Forderte noch mehr.

Inzwischen hätten aber diese, die
Soviel Arbeit hatten, das Licht als Nahrung auch
Entdeckt,
Seitdem gäb' es die Spaltung.
Denn das Kochen und das Essen koste Zeit und
Material, für den, der nichts zu tun aber sei das ideal.

Das wären alles Leute, die hätten zu viel
Zeit
Und die vertrieben sich ihr Leben nun mit
Unzufriedenheit.

Sie haben keine Schulen, so wandte ich dann ein.
Sie könn' sich Wissen holen!
Das war die Antwort.
Nein,
Über diese Geldverschwendung bei Euch
Wird jetzt gelacht, und
Sie sah nun ziemlich streng aus.
Warum habt ihr das gemacht?

Wir dachten eben, jeder soll
Die gleichen Chancen haben.
Ach so, war da die Antwort, nein, so
Denken wir nicht mehr.

Du siehst hier deine Bücher steh'n, was
Glaubst du denn, warum?
Ja, weil wir profitieren als Nachkommen davon!
Das Schreiben ist sehr hoch besetzt in unsrer
Werteskala
Und ohne Punkte keine Chance, das
Hat man dann davon, die Punktzahl der
Familien ist unsre Religion.

Ich wollte wissen, ob meine beiden Alten, die
Väter, diese Sozialisten
Auch Punkte brachten mit ihren
Pu-
Bli-
Ka-
Ti-
O-
Nen?

Nein, das sei problematisch, da stünde nichts in dem
Regal,
Die hätten zu dramatisch am Gleichheitsideal
Gehangen.
Ich sagte, ich sei auch für die Gleichheit, und hätte
Nie anders gedacht,
Und auch in meinen Büchern, da sei das ausgemacht,
Da hat die freche Kleine
Ja wirklich nur gelacht!

Nein, nein,
Was du geschrieben hast, hat sich mehr
Um dich selber gedreht
Das nennen wir ja grade Literatur, es ist das, was hier
Jeder versteht.

Na toll, das hatte gesessen, und sie
Merkte es nicht einmal,
Denn sie bekämpfte immer noch

Mein falsches Ideal.
Und sackte mich ein und beamte uns weg
Und erreichte andere Etagen, die ganz genauso
Hell und warm
Und voller Bücher waren.

Es saßen dort die Freunde meiner schönen Enkelin
Und jeder konnte alles, und er lachte noch dabei,
Bediente zwanzig Apparate, führte Interviews, und
Kaufte ein, verkaufte auch, und
Sah noch blendend aus.

Es leuchtete um jeden
Ein zarter Strahlenkranz, der flimmerte und gab
Ein Licht,
So bläulich-weißen Glanz.

Verstehst du jetzt, verstehst du es, rief meine
Enkelin, das ist es, das und nochmals das, nur
Diese Energie!
Es hätte mit dem Mauerfall vor Urzeiten begonnen,
Man habe Grenzen aufgehoben und
Davon gewonnen
Die Schwingung einer neuen Zeit, ein Wachsen ohne
Ende und darum hieße es bis heut':
Das war die große
Wende!
Es geht nur darum und dafür
Geben wir alles hin.

Die Energie die pflegen wir mit
Allem, was wir haben, und dafür kann sie uns
Dann eben
Bis in das Weltall tragen!
Wir fliegen rum, wir tauchen weg, wir
Schwimmen in den Flüssen als
Fisch zum Beispiel auch, verstehst du, wer
Sowas kann, wer sowas darf, für den
Gibt's nur noch das.

Es war ein Rundflug oder Film, ich weiß es
Nicht genau.
Wir landeten dann warm und weich in ihrem
Hellen Bau,
Bei ihrem Tee, vor ihrem Tisch, an ihrem
Buchregal,
Ich stand davor und zog mir meine
Bücher heraus.
Eins nach dem andern.

Halt! rief sie da, was tust du denn?
Du wirst uns ruinieren, wir werden ärmer, ach
Wir werden einen Punkt verlieren, wir werden
Runtersacken in
Die zweifelhafte Mitte, wir werden keinen Flug
Mehr kriegen,
Hör doch einmal, bitte
Lass stehn, sie sind mein Eigentum,
Ich hol die Polizei!

Da plötzlich ging die Türe auf und eine strenge Frau
Die stürzte rein und auf mich drauf und zog an
Meinem Kleid.

Wir suchen Sie, wir suchen Sie, die
Ganze Kollektion
Ham Sie uns einfach weggeschleppt
Wir suchen Sie doch schon!
Ich sagte: Nehmen Sie es doch,
Armani
Gefiel mir noch nie so
Besonders und war auch zu eng,
Lieber hätt' ich Valentino!

Das hätt' ich wohl nicht sagen soll'n, denn
Es krachte
Im Gebälk, und ich erwachte
In meinem Haus, in meinem Bett und
Das Armani-Zeug war weg.
Weg war'n die Väter, weg die Frau und weg
Die Stadt Berlin.

Nur mein Haus, das alte, das war noch da,
Und meine Bücher gerettet!

NACHWORT

Die Zeit vergeht. Die Poeme in diesem Buch, die jetzt zum ersten Mal im Druck erscheinen, wurden vor beinahe zwanzig Jahren geschrieben, am Ende des letzten Jahrhunderts. Die großen politischen Umwälzungen dieser Jahre waren gerade geschehen – eine Neuordnung Europas. Alles schien möglich, denn alles war in Bewegung gekommen. Aber immer noch konnte der Einzelne sich als Person empfinden. Abgegrenzt und neugierig. Auch voller Gefühle der Welt gegenüber, wie sie ihm gerade begegnete, und das war in diesem Falle das Berlin der neunziger Jahre.

Es war ein Berlin, das heilte. Alles lag offen da, alles war sichtbar.

Auch die Innenstadt war noch voller Berliner, voller Menschen also, die von der unvergleichlichen Tragödie ihrer Stadt einen Begriff hatten. Menschen, die geübt waren, aus der Vergangenheit für die Zukunft zu lesen.

Wussten sie, was kommen wird?

Ja. Es waren diese Jahre, in denen sie ihre Kisten und Koffer packten und aus der Innenstadt verschwanden, meine guten Freunde, die alten Berliner, bei denen ein Blick genügte, ein Wort, um sich zu verstehen, auch wenn man sich gar nicht kannte. Wo sie sind? Keine Ahnung.

Alles war in Bewegung in den neunziger Jahren, und man fühlte sich herausgefordert zu antworten auf die Ereignisse, etwas zu sagen. So entstand „Und grüß mich nicht Unter den Linden – oder doch?“, ein Text über den Abzug der alliierten Truppen aus Berlin im Juni 1994.
Ich war damals fassungslos über das Aussondern und damit auch Herabstufen der russischen Armee in einem Moment der Freude und des Friedens für Deutschland, und nicht ich allein. Die Stimmen dieser Nacht wollte ich festhalten „wie die Fliege im Bernstein“, so hat Hanns Eisler diese Arbeitsweise einmal genannt.
„Das Lied vom Hackeschen Markt“ hatte ebenfalls keinen Auftraggeber. Es hat sich beinahe von selbst geschrieben, aus Begeisterung über das Aufblühen des Hackeschen Marktes. In dieser Gegend hatte ich einmal gelebt, zwischen kaputten Fassaden und heruntergelassenen Rolläden und immer mit der Sehnsucht nach einem großen bürgerlichen Café. Dass dieser Traum sich erfüllt hatte, erschien wie ein Wunder. So oft wie nur möglich ging ich rein, um einfach darin zu sitzen und es zu fühlen, daß es so gekommen ist, und dass ich weiß, wo ich bin, und dass ich Glück hatte, viel Glück.
Aber gerade in einem Augenblick des Glücks steigt die Erinnerung auf, Melancholie.
„Das Haus des 9. November“ ist eine Auftragsarbeit für den Saarländischen Rundfunk. Berlin schien mir der geeignete Spielort für die Geschichte des 9. November, mit Heine als stillem Begleiter. Damals waren Preußenschloss und Denkmal für die ermordeten Juden Europas hart um-

stritten, Internet und Handy neu und der Euro noch nicht eingeführt. Eine andere Zeit.

„Das Lied vom Hackeschen Markt" wurde ein Hörspiel, gesendet im Februar 2002. Christiane Ohaus hat es im Auftrag von Radio Bremen inszeniert, Christoph Grund komponiert.

Der Saarländische Rundfunk sendete „In Heines Manier: Das Haus des neunten November" im November 1999 in der Regie von Stefan Dutt mit der Musik von Henk Nuwenhoud.

Es ist aber Barbara Richter zu verdanken, die bis zum Jahr 2003 das Berliner Künstlerprogramm des DAAD geleitet hat, dass „Das Lied vom Hackeschen Markt" kurz nach seiner Entstehung auch vor Publikum gelesen werden konnte. Denn eigentlich sind diese Poeme dafür geschrieben – für den lebendigen Augenblick, in dem sie entstanden sind, für die Freude, die man sich gegenseitig machen kann mit einem guten Gedanken, einem frechen Wort, einer poetischen Idee, für ein Podium und viele Menschen davor oder für die Zeitung des Tages.

Ich weiß, ich soll so etwas vergessen. Ich soll denken, das war einmal – bei Nestroy, Glaßbrenner und Kalisch, bei Petroleumfunzeln und Stromsperren, aber nicht heute, nicht in der beschleunigten, der kurzatmigen Zeit, und es heißt ja, es wird so bleiben.

Aber es war einmal, da stand ich am Hackeschen Markt vor einem mächtigen, verzierten Eckhaus mit ungeputzten, hohen Fenstern und versuchte mir vorzustellen, dahinter könnte es ein Café geben – ein warmes, helles, großes Café, wo ich mir ein Croissant bestellen könnte und eine Zeitung lesen.

Ich bin also zuversichtlich. Und wer die Texte in diesem Buch, diese drei schon mal, anderen vorlesen will, kann es gerne tun.

Irina Liebmann

Oktober 2012